Marilena Fresta

Oltre ogni confine

MNAMON

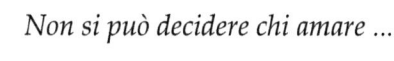

Non si può decidere chi amare ...

"È questo il dolore di cui tutti parlano. L'abisso che t'inghiotte, il terreno che frana, l'aria che non ti arriva ai polmoni. Questa è la fine! Oppure no. Scorgi una flebile luce alla fine del tunnel e cerchi, disperatamente, di seguirla, anche se le forze ti mancano, le gambe stanche cedono inesorabili sotto il peso del corpo. Ma il corpo non è più il tuo. Controlli le mani, sfiori il viso, accarezzi gli occhi consapevole che non ti appartengono. Niente avrà più importanza se si trova al di là del confine."

1

Settembre quell'anno si era presentato come ultimo strappo di un'estate torrida. Dopo giorni di caldo estenuante, i flash rossastri dei lampi annunciavano l'imminente cambio di stagione. Dalla finestra socchiusa, un lieve odore di terra bagnata accompagnava il fruscio del vento che, lentamente, s'insinuava tra le fronde degli alberi.

"Hai deciso di partire?"

Non aveva voglia di guardarlo in faccia. Non sopportava l'idea di farsi vedere in quello stato. Ma le parole le si spezzavano in gola, tradendo, suo malgrado, il bisogno di mantenersi calma e distaccata.

"Credo sia la cosa migliore per entrambi."

Lo sentiva muoversi nervoso per la stanza.

"Se non fossi d'accordo?"

Rimase col fiato sospeso, pentendosi di aver parlato prima di valutare l'effetto che quella frase poteva fargli.

Si spostò alla finestra, mentre le prime goccioline di pioggia bagnavano il terreno arso dal sole. Le nuvole si erano addensate all'orizzonte piombando il primo pomeriggio in una tarda serata invernale.

"Ti prego non ricominciare... Non farlo!"

Il suono stanco della sua voce le procurò un lieve sussulto.

Le andò vicino, cauto. Aveva voglia di confortarla. Stringersela al petto. Evitarle tanta sofferenza. Ma si fermò immediatamente, consapevole che le azioni di quel momento avrebbero deciso della loro vita.

Sara si girò di scatto ritrovandoselo vicinissimo.

"Non voglio che tu esca dalla mia vita... Non così!"

Le lacrime avevano preso a solcarle il viso. Fece un passo in avanti annullando la breve distanza che separava i loro corpi.

"Guardami!"

Gl'intrappolò il viso tra le mani tremanti, poi, spingendosi sulle punte dei piedi, incollò le labbra alle sue. Le lacrime erano diventate un pianto silenzioso trasformando la sua bocca in un ristagno d'acqua salmastra. Si scostò lentamente da lui per afferrargli la mano che aveva lasciato penzoloni lungo il corpo. La sollevò per appoggiarsela al viso. Il ragazzo non si mosse.

Sentì le lacrime offuscargli la vista. Il cuore fermarsi per un attimo. Che diavolo stava facendo? Che patetica, stava dando il peggio di se. Si voltò di scatto e asciugò gli occhi con il dorso della mano.

"Scusami! Forse è meglio che vada."

Si avviò verso la porta.

"Sara, aspetta…."

Si fermò, con la mano sulla maniglia, senza voltarsi.

"Guardami, ti prego! Non distruggiamo quello che di bello c'è stato tra noi. Capisci che così non possiamo andare avanti? Ci faremmo del male e di noi non resterebbe niente! Lo capisci questo, vero?"

Annuì in silenzio mentre le lacrime le solcavano veloci il viso. Avrebbe voluto sbattergli in faccia l'enormità del suo dolore. L'assenza che ormai era diventata parte della sua vita. Ma preferì restare in silenzio.

"Ho provato con tutte le mie forze a far funzionare questo rapporto. Ma più m'impegnavo e più ti deludevo. Non credo che la vita a due debba essere un continuo esame. Non si può vivere nella paura di sbagliare. Di dire o fare qualcosa che, alla fine, ti possa fare andare fuori di testa. Non posso, non è giusto!"

Si voltò di scatto e lui rimase per un attimo stordito da quel volto stravolto dal pianto.

"Questo è quello che sono stata in tutti questi anni, un continuo esame da superare?"

L'uomo si spostò verso la finestra. I vetri appannati lasciavano passare una luce tenue.

"Lo sai che non intendo questo!"

"Ah no! Cosa allora?"

Ad un tratto il suo tono era diventato duro, freddo quasi violento. Sbatté una mano sul tavolo con troppa forza ed il rumore sbigottì anche lei.

Paolo la guardò con aria stanca.

"Intendevo questo... ". Scosse la testa rassegnato. "Tutta la rabbia che covi e alla prima piccola discussione fai esplodere come un uragano che travolge tutto e tutti. E come un uragano, dopo la distruzione, lasci dietro di te solo detriti."

Si lasciò cadere pesantemente sul letto, quasi non avesse più la forza di proseguire.

"Ho capito sai. Ho capito tutto." Lo afferrò per un braccio. "Vattene e non rimettere mai più piede in questa casa. Sono stata una stupida. Una povera, matta, stupida."

Era persa dentro un turbinio di emozioni che non riusciva in alcun modo a controllare.

"Smettila. Smettila!"

Le afferrò i polsi.

"Lasciami, mi stai facendo male."

"È questo quello che mi fai. Mi stai uccidendo."

La spostò con violenza facendole perdere l'equilibrio. Chiuse la valigia con le poche cose che aveva messo dentro.

"Manderò qualcuno a prendere il resto."

Ed uscì senza voltarsi indietro.

2

La suoneria del telefonino la svegliò. Guardò l'ora sul display, segnava le 17:00, ma non riusciva a ricordare di quale giorno. La lasciò suonare finché non smise. Si alzò per andare in bagno. L'emicrania le martellava le tempie, impedendole di mettere ordine tra i mille pensieri che le affollavano la testa. Aprì l'armadietto dei medicinali, alla disperata ricerca di un'aspirina, ma non trovò nulla. Quello che trovò fu la presenza di Paolo in quella casa. Rasoi, creme, dopobarba, la sua colonia preferita. L'annusò e lasciò che il profumo la stordisse, dandole il voltastomaco. Dietro la porta era rimasto il suo accappatoio e le pantofole. Tutto era in ordine. Tutto era in attesa del suo rientro. Cristallizzato nel ricordo degli ultimi tre anni. Lanciò contro la vasca la bottiglietta che teneva in mano, che s'infranse in mille pezzetti di vetro colorato. Poi, stordita dal vuoto che sentiva dentro, distrusse tutto ciò che le capitava sotto tiro.

"Paolo!"

Si lasciò cadere per terra. Rifugiò il viso sulle ginocchia, lasciandosi andare ad un pianto disperato.

Il citofono la riportò alla realtà. Qualcuno suonava insistentemente. Stette in ascolto qualche secondo, indecisa se rispondere o meno, speranzosa che chiunque fosse, alla fine, avrebbe desistito. Ma non fu così. Per ben dieci minuti il citofono suonò con intervalli regolari.

"Cazzo!"

Non aveva voglia di vedere nessuno. Ma doveva far smettere quel suono infernale.

"Si?"

"Apri!"

La voce imperativa della donna non lasciava spazio a nessuna replica. Aprì la porta e ritornò in bagno, nel vano

12

tentativo di mettere ordine nel caos. Dimentica d'essere scalza, non appena rientrata, una scheggia le si conficcò nel piede, facendolo sanguinare copiosamente.

"Sara?"

"Mamma... sono in bagno."

"Ma santa ragazza!"

Le parole le morirono in bocca di fronte allo stato in cui trovò la figlia. Il bagno era un campo di battaglia. Chiazze di sangue erano sparse qua e là sul pavimento.

"Ma cosa è successo?"

"Per piacere non ti ci mettere anche tu!"

La madre rimase un attimo spiazzata dal tono aggressivo, ma lo smarrimento durò pochi secondi.

"Fammi aprire questa benedetta finestra che non si respira!"

Sara alzò gli occhi al cielo con aria rassegnata. Sua madre aveva sempre avuto un sesto senso per apparire nei momenti meno opportuni.

"Dove tieni il disinfettante?"

"Non credo di averne."

Le due donne si fissarono per qualche istante.

"Tipico!"

"Che vuoi dire?"

La madre si morse il labbro inferiore. Sara conosceva bene quel ghigno che le appariva sul volto ogni qualvolta si sforzava di tacere per non innescare una lite. Non erano mai andate d'accordo. Troppo lontane come gusti, idee e soprattutto scelte di vita.

"Niente."

"Dai mamma, non mi dire che ti sei fatta tutta questa strada per startene in silenzio! Vuoi sul serio osservare quel disastro di tua figlia, che trascina la sua inutile esistenza sul baratro del fallimento totale, senza propinare una delle tue magnifiche ramanzine?"

"Non voglio litigare."

"No?"

La ferita continuava a sanguinare sporcando le mattonelle bianche del pavimento.

"Metti il piede sotto l'acqua fredda, così posso controllare se ti è rimasto del vetro all'interno."

Si lasciò aiutare in silenzio. Voleva bene a sua madre, ma non aveva mai fatto nulla per dimostrarglielo.

"Tuo padre ed io siamo in pena per te!"

"Cosa? E per quale motivo?"

La donna srotolò della carta igienica per tamponare la lesione.

"Sono giorni che non ti fai vedere. Tieni il telefono per lo più spento. Non hai letto neanche uno dei messaggi che ti abbiamo inviato."

"Magari non avevo voglia di vedere nessuno. Magari, cara mamma, non avevo voglia di sorbirmi un'altra delle vostre paternali."

I gesti lenti e precisi della madre le solleticavano la pelle.

"Paolo è stato a casa nostra. Ha voluto parlare con tuo padre. Spiegargli il motivo del suo allontanamento."

"Ma davvero? Che gran bravo ragazzo. Vieni a parlare con voi. Viene a cercare l'approvazione dei grandi!"

Sara rise sguaiatamente.

"Non devi fare così. Quel povero ragazzo è arrivato al limite. Hai tirato troppo la corda."

"Ma sei seria? Sei venuta a casa mia per difendere una causa di cui tu non sai proprio niente! Fottiti."

Allontanò la madre con violenza.

"Sara!"

"Sara, cosa? Non ho più cinque anni. Non puoi intimidirmi con quello sguardo severo che mi riservi ogni volta… Non puoi!"

La madre si torse le mani nella speranza di calmare la frustrazione, che violenta, sentiva crescerle dentro. Non era mai riuscita a capirla. Sin dal primo momento che l'aveva presa in braccio, appena nata, non era mai giunta veramente ad interpretare i suoi malesseri.

"Non dovresti rivolgerti così a tua madre. Non è questa l'educazione che ti abbiamo dato."

"Sai che c'è mamma? Tu non mi conosci, e non hai mai fatto nulla per venirmi incontro. Hai saputo impartire solo regole. Le tue regole. Che non mi hanno aiutato a vivere meglio o a fare le scelte giuste. Non fare questo, non fare quello, non rientrare tardi, non bere, non fumare. Ma non sei stata in grado di farmi capire un bel niente."

Sentì gli occhi inumidirsi, ma ricacciò indietro le lacrime.

"Quindi, la colpa è mia? Io sono la causa dei tuoi fallimenti!"

Non avrebbe voluto usare quel tono acido, ma la rabbia non è mai un sentimento chiarificatore.

"Fallimento? Quindi, stai ammettendo che per te sono un fallimento!"

"Lo sai che non intendevo questo."

La donna si spostò verso il tavolo della cucina e si lasciò cadere pesantemente sulla sedia.

"Ogni volta che parliamo, riesci a stravolgere il senso di ogni parola."

Sara le si sedette di fronte. Cercava di mostrarsi indifferente, ma sentiva un macigno sul petto che le impediva di respirare.

"Cosa vuoi da me?"

"Volevo sapere come stai!"

"Come mi trovi?"

"Rispondere ad una domanda con un'altra domanda non ti farà sentire meglio. Volevo parlarti da donna a donna. Darti la possibilità di sfogarti. Portare all'esterno la rabbia, che se non affrontata adesso, ti precipiterà in fondo ad un abisso da cui non sarà semplice uscire."

La ragazza cominciò a tamburellare con le unghie sul tavolo, segno, questo, che la sua pazienza era finita.

Si alzò in piedi e si avviò rapida verso la porta d'ingresso, aprendola.

"Grazie della visita, mamma."

La donna, le si avvicinò sconsolata.

"È davvero un peccato non esserci mai capite!"

Provò a darle un bacio sulla guancia, ma lei si scostò.

Non appena fuori, le chiuse violentemente la porta alle spalle.

3

La pioggia batteva violentemente contro le persiane chiuse. Il sibilo del vento entrava da sotto le fessure delle finestre. L'inverno, alle porte, si preannunciava più freddo che mai. Erano trascorsi due mesi dall'ultima volta che aveva visto Paolo. Aveva provato a cancellarlo dalla sua vita, annullando ogni ricordo di ciò che erano stati. Ma la ferita ricominciava a sanguinare ogni qualvolta riceveva un suo messaggio. Quella gentilezza ostinata, quel voler essere presente a tutti i costi, anche con un semplice: "Che fai?", le violentavano l'anima, rinnovandole il ricordo dell'umiliazione di essere stata respinta dall'uomo che diceva d'amarla. Così, aveva preso l'abitudine di visualizzarli quei messaggi, ma di lasciarli, volontariamente, senza una risposta.

Il rumore di un tuono la distolse dai suoi pensieri. Guardò l'ora sul telefonino e si ricordò che aveva fame, visto che aveva saltato il pranzo. Aprì il frigo e prese una mozzarella. Guardò la data di scadenza.
"Perfetto: 3 ottobre, siamo al 15 novembre... Non credo sia ancora commestibile."
Per sicurezza, tagliò la confezione nel lavandino e l'odore che si sprigionò per poco non la fece svenire.
"Ma che cavolo!"
Un fulmine illuminò la stanza pochi secondi prima che andasse via la luce.
"Ecco, ci mancava solo questa."
Nel buio più totale, si avviò a tentoni verso la scrivania, dove, era sicura, aveva riposto delle candele.
Un rumore di passi pesanti, attirò la sua attenzione. Qualcuno sul pianerottolo armeggiava con delle chiavi. Rimase

in ascolto, mentre una strana inquietudine s'impossessò di lei. Si avvicinò al portoncino d'ingresso, per accettarsi che le chiavi fossero dentro la toppa, dove, di consuetudine, le lasciava ogni sera prima di mettersi a letto. Non aveva voluto cambiare la serratura. Conoscendo Paolo, era certa, non avrebbe mai tentato di rientrare in quella casa, senza il suo permesso. Sentiva la presenza di qualcuno fermo dietro la sua porta. Il fiato corto di chi ha corso. La paura stava prendendo il sopravvento sulla razionalità. Il cuore cominciò a galoppare come un cavallo imbizzarrito. Si sentiva soffocare. Cercava con tutta se stessa di stare calma, ma più si sforzava più otteneva l'effetto opposto. Si sedette a terra, con la testa tra le gambe. Provò a ventilare nella speranza di apportare più aria possibile ai polmoni. Che le stava succedendo? Una lacrima le scese veloce fin dentro la bocca. Era in balia del terrore. Il cervello proiettava figure grottesche sul pavimento e il vento che scuoteva gli alberi intonava una musica sinistra. Sentiva palesarsi la presenza spaventosa di un pericolo imminente. Lo poteva sentire respirare. Lo immaginò mentre forzava la porta. Quando ormai sentiva di non avere più alcuna speranza, le luci, quasi per magia, si riaccesero in tutta la casa. Scattò in piedi per controllare, dallo spioncino, che nessuno si fosse appostato dietro il suo ingresso. Fuori tutto era immobile, fatta eccezione dall'ascensore che era in discesa. Qualcuno era appena andato via.

Si asciugò le lacrime e corse in bagno. L'immagine riflessa nello specchio la spaventò. Aveva un aspetto orribile. Gli occhi erano gonfi dal pianto, le labbra smorte ed un pallore giallastro si era impossessato del suo viso.
"Ma che sto facendo?" Si diede un ceffone così forte da farla sussultare. "Riprenditi in mano la tua vita. Deficiente!"
Parlava con l'immagine di se stessa che da tempo non le apparteneva più.

Squillò il telefonino ripetutamente, prima che si decidesse a rispondere.

"Mamma?"

"Devo parlarti e non riagganciare perché è molto importante."

"Certo...."

"Devi rientrare in ospedale! Non posso più coprirti. Il periodo di aspettativa è finito e Luigi continua a farmi pressione. Sai quant'è stato difficile farti assumere in clinica! Ci siamo esposti parecchio. Devi riprendere a lavorare...."

"Certo!"

"Sara, guarda che questa volta non possiamo fare niente per te. Non preoccuparti di Paolo in questo momento è fuori, non vi capiterà d'incontrarvi nemmeno per sbaglio!"

"Chi ti ha chiesto niente!"

"Bene! Volevo avvisarti che lunedì devi presentarti in reparto alle 7:00. Fai un po' come vuoi!"

Rispondendo a quella telefonata, aveva nutrito la speranza di poter giustificare in qualche modo l'insensatezza delle sue azioni da quando Paolo era andato via. Ma il tono freddo e formale della madre, non lasciava spazio a nessun chiarimento.

"Mamma...."

"Dimmi!"

Fece un lungo sospiro.

"Niente. Ci vediamo lunedì."

"Ci vediamo lunedì."

Il suono della telefonata interrotta le rimbombava nella testa. Rimase qualche istante a fissare il display illuminato poi, in un impeto d'ira, lo lanciò sul pavimento.

4

Quel lunedì mattina si era alzata presto o forse non aveva dormito per niente. Non aveva nessuna voglia di uscire. Rientrare al lavoro significava vedere le colleghe che, ne era sicura, erano pronte a tempestarla di attenzioni che non era pronta a ricevere. Accese la moka per un caffè e fece una lunga doccia. Prese il camice dall'armadio, ripulì i sandali e ripose il tutto nel borsone. Un'ultima occhiata allo specchio e alla casa. Da quanto tempo non dava una sistemata? Sembrava un campo di battaglia. Pile di bicchieri, tazzine e piatti nel lavello aspettavano impazienti di essere lavati e riposti. Sul tappeto si era formato un sottile strato di polvere tanto da nascondere i colori originali. In bagno, i vestiti sporchi si erano mischiati con quelli puliti della cesta.
"Che schifo!"
Chiamò l'ascensore. Guardò l'ora e si stupì di come fossero già le 6:30.
"Accidenti, farò tardi." Esclamò ad alta voce. Proprio nell'istante in cui si stava spostando per scendere dalle scale, la porta dell'ascensore si aprì. Ne scese un uomo e per un attimo i loro sguardi s'incrociarono.
"Prego." Le disse questo uscendo.
Sara notò un lieve accento francese.
"Grazie." Entrò in fretta e pigiò violentemente sul tasto garage.
Trovò la sua auto nel medesimo posto dove l'aveva posteggiata Paolo settimane prima. Provò ad aprirla col telecomando, ma non vi riuscì.
"Non posso crederci!" Allora provò con la chiave. Appena dentro si rese conto che non sarebbe potuta andare da nessuna parte. La batteria dell'auto era completamente scarica.

Sentì le lacrime offuscarle la vista.

"Maledetta... Maledetti tutti!" Aveva quasi urlato.

Un lieve bussare al finestrino attirò la sua attenzione.

Si spaventò. Immersa nei suo pensieri. non si era accorta dell'uomo che si era avvicinato.

"Le serve aiuto?"

Lo riconobbe quasi subito, era il signor Cataluso del terzo piano.

"Si grazie! È da un po' che non la uso. Credo che la batteria sia andata."

Cercò di usare un tono gentile, quasi supplichevole.

"Porto sempre i cavetti con me. Non si sa mai dovessi trovare una bella signorina in difficoltà."

Le fece l'occhiolino con fare da grande seduttore. Questo atteggiamento la disturbò. Non era in vena di complimenti e tanto meno di assecondare lo spirito garibaldino di un sessantenne, ma, viste le circostanze, rappresentando l'unica forma di aiuto nei paraggi, sorrise suo malgrado.

"Grazie mille."

"Apra il cofano e non metta in moto se non le do il via. Mi raccomando, non è che mi fa prendere una scarica, vero?"

E di nuovo quel sorriso mieloso e l'occhiolino.

"Ma questo è completamente fuori, ci sta provando con me? Ma che schifo. Potrebbe essere mio padre." Pensò infastidita.

L'uomo fece capolino da dietro il cofano. "Provi adesso!"

Al secondo tentativo la macchina si mise in moto. Sara aveva fretta e non solo perché era in ritardo. L'uomo chiuse il cofano e vi rimase con le mani appoggiate sopra.

"Le andrebbe un caffè?"

"Dio mio, ma fa sul serio?" Sara lo guardò attentamente. Aveva perso quasi tutti i capelli e quei pochi sopravvissuti li aveva fatti crescere tanto da coprire la testa da una punta all'altra. Il testone era sproporzionato rispetto al resto del corpo, che sembrava quello di un adolescente malnutrito. Il labbro superiore era quasi inesistente, mentre quello inferiore sporgeva vistosamente. Due occhietti piccoli di un colore indescrivibile erano protetti da due lenti spesse come fondi di bottiglia. Le venne da ridere, ma si trattenne. "Magari un'altra volta." Fece per partire, ma l'uomo non dava segno di volersi spostare. "La prego mi lasci passare sono in ritardo!" "Su non fare la difficile, un caffè!" Nel frattempo si era spostato dalla sua parte e stava per aprire la portiera. Sara ingranò la marcia ed usci sgommando dal garage. L'ultima cosa che vide, dallo specchietto retrovisore, era l'uomo accasciato a terra che inveiva contro di lei.

Immersa nel caos mattutino della tangenziale si obbligò a non pensare all'accaduto, del resto guidare a Catania era un vero test della sopravvivenza. I segnali stradali rappresentavano un quiz, senza soluzioni, per la maggior parte degli autisti. Le precedenze con obbligo di svolta, i divieti d'accesso o peggio ancora i fantomatici stop, erano delle regole a cui nessuno intendeva sottostare. Ma la cosa che la faceva impazzire, più di tutti, era il suono assordante dei clacson, che sembrava parlassero una lingua tutta loro.
La clinica si trovava in periferia. Appena entrata al posteggio, la guardia addetta alla sicurezza la salutò con un ampio sorriso, che lei si sforzò di ricambiare.
L'orologio del timbra cartellino segnava le 8:40. Passò il badge e si recò con passo lesto verso il reparto. Il corridoio era animato da infermiere che correvano su e giù con cartelline in mano, piani di ricovero, terapie, boccette per i prelievi. Ebbe un senso di smarrimento, come se quel mondo non le fosse mai appartenuto.
"Sara!"
La caporeparto le stava andando incontro col suo passo severo e autoritario.

"Buongiorno, suor Margherita."

"Alla buon'ora! Vai dal Professore, che ti sta aspettando!"

"Che donna simpatica." Pensò ironicamente la ragazza.

Bussò con fare deciso, anche se sentiva le gambe cedere.

"Avanti!"

L'uomo alzò lo sguardo dalla cartella che stava leggendo. Il professore Luigi De Felice era sulla cinquantina, alto, capelli brizzolati e il fascino dell'uomo che sa di piacere.

"Entra!"

Il tono secco non prometteva nulla di buono.

L'uomo guardò distrattamente l'ora. Si lasciò scivolare leggermente sulla sedia in pelle su cui era seduto, congiunse le mani e se le portò davanti la bocca. Sembrava rassegnato.

"Mi hanno detto che volevi vedermi!"

Luigi corrucciò leggermente la fronte, prese il telefonino dalla tasca del camice e fece partire una telefonata.

"Signorina, mi chiami la dottoressa Cardelli."

Sara sgranò gli occhi. Che c'entrava adesso sua madre. Perché la stava convocando? "Scusami, perché la stai cercando? Qualunque cosa debba dirmi non sono una ragazzina che ha bisogno della presenza di un genitore!"

Il tono stizzito non passò inosservato.

"Siediti!"

"No, sul serio che c'è? Devi licenziarmi e vuoi la presenza di un testimone? Guarda che so cavarmela da sola, anzi se vuoi ti semplifico la cosa…"

"La vuoi smettere di straparlare!"

Dopo un lieve bussare alla porta, la dottoressa Cardelli entrò in stanza.

"Eccomi."

Poi si rivolse alla figlia accennando un sorriso.

"Sara…"

"Buongiorno anche a te, mamma!"

La donna ignorò il tono sarcastico.

"Scusami Luigi, ma avevo iniziato il giro delle visite."

"Non c'è problema." Poi rivolto alla ragazza. "Voglio sapere, come ti senti?"

"In che senso, scusa?"

"Non ti mettere sulla difensiva."

"No, veramente in che senso?"

"Nel senso, cara Sara, che tua madre è molto preoccupata. Dalla rottura con Paolo hai fatto terra bruciata intorno…."

"Quindi? Non vedo come la cosa possa interessarvi!"

"Non devi interrompermi!"

L'uomo si agitò sulla sedia.

"Voglio capire come stai reagendo a questa separazione e non per farmi gli affari tuoi ma perché qui ti si affidano delle vite ed è importante per me sapere che mentalmente sei al lavoro e non da qualche altra parte."

Sara sgranò gli occhi e guardò la madre che restava in silenzio.

"Ma che cazzo gli hai raccontato?"

"Modera i termini, non sei al mercato."

L'uomo intervenne bruscamente.

"Hai usufruito di due mesi di aspettativa. Periodo in cui ti sei rinchiusa completamente in casa… No, mi correggo, non completamente, perché qualche volta ti hanno vista scendere per andare a fare un po' di spesa. Ma guardandoti bene sospetto che non hai fatto neanche quello. Quanto sei dimagrita?"

"Aspetta, fammi capire. Il tuo ruolo di direttore sanitario della clinica ti autorizza a controllare i dipendenti anche nelle loro azioni fuori dalla clinica e, cosa ancora più importante, a controllare se perdono o mettono su peso?"

Rise sonoramente, ma era evidente che cercava di controllare la rabbia.

"No, non mi autorizza, però permettimi di dirti che se qualcuno del mio staff comincia a comportarsi in modo anomalo devo accertarmi che sia tutto a posto. Perché l'errore del singolo può costare caro a tutti."

"Tu non dici nulla?"

Si rivolse alla madre con tutta la rabbia che aveva dentro. La donna le si avvicinò e cercò il suo sguardo.

"Non ti sei fatta parlare. Hai alzato un muro di rabbia e solitudine come se volessi punirci per qualcosa."

"Volevo solo rimettere un po' in ordine le idee. Non sentivo il bisogno di niente e di nessuno, ma questo non significa che sono fuori di testa."

"Certo che no! Ma negare di avere un problema non è mai la strada giusta per risolverlo."

"E quale sarebbe il mio problema?"

Luigi guardò per un attimo la madre negli occhi. Un gesto veloce che tradiva una profonda complicità. Sin da bambina aveva sospettato che quei due fossero più di semplici amici e la consapevolezza che suo padre non avesse mai colto quella sfumatura la mandava in bestia.

"Sai perché Paolo ha chiesto il mio aiuto per essere trasferito al Monzino?"

"Non so, forse perché è un fottutissimo figlio di puttana che preferisce scappare invece di affrontare le situazioni?"

L'uomo socchiuse gli occhi fissandola.

"Ti rendi conto di quanta rabbia hai dentro? Pensi di stare male solo tu? Quel ragazzo sta soffrendo maledettamente e l'unica via d'uscita che ha trovato possibile è stato il trasferimento a Milano!"

"Ma che diavolo volete tutti da me?"

Sara cominciò a piangere.

La madre le si avvicinò per prenderle le mani nelle sue.

"Vogliamo che tu stia bene. Riprenditi in mano la vita. Ricomincia a volerti bene. La storia con Paolo non è chiusa, ma non devi far ruotare tutto intorno a lui."

La madre le porse un fazzolettino di carta.

"Ho chiamato il rettore dell'Università che è un mio carissimo amico...." Luigi fece una pausa per controllare la reazione di Sara. Ma la ragazza stava in silenzio con lo sguardo basso. L'uomo si schiarì la voce e proseguì.

"Puoi riprendere da dove hai lasciato. Sara, risulti ancora

iscritta all'università e le materie che hai già dato ti verranno convalidate. Basta farti vedere un po' in facoltà. Segui qualche lezione, fatti un gruppo di studio, al resto ci pensiamo noi."

"Quindi è tutto risolto?"

La ragazza cominciò a contorcersi le mani.

"Credevo fosse il tuo sogno diventare un medico."

"Il mio o il tuo, mamma?"

"Non capisco."

"Non hai mai capito, perché sforzarti ora?"

"Aiutami, allora!"

"Lascia perdere...."

La donna si spostò verso la finestra che dava sul prato esterno all'edificio. Da lontano si vedeva il mare, una distesa azzurra che si perdeva all'orizzonte.

Luigi le andò vicino e le appoggiò una mano sulla spalla.

"Che carini che siete!"

L'uomo si ritrasse, quasi si fosse scottato.

"Papà lo sa?"

"Cosa?"

La madre si voltò di scatto.

"Di voi! Lo sa?"

"Che stai insinuando?"

Luigi ritornò a sedersi dietro la scrivania. Quasi a voler mettere più distanza possibile dalla donna.

"Siamo tutti adulti. Potete sentirvi liberi con me. Del resto se sta bene a mio padre, perché dovrei preoccuparmene io?"

Senza accorgersene aveva preso ad urlare.

"Abbassa la voce, per l'amor del cielo."

La madre la stava supplicando con gli occhi.

"Ma come hai potuto? Luigi è il migliore amico di papà!"

"Le cose non sono così semplici...."

Sara si alzò di scatto e fece cadere all'indietro la sedia.

"Ma impiccatevi! Mi fate schifo!"

"Sara...."

Passò lo sguardo dall'uno all'altro.

"Siete proprio una bella coppia!"

"Possiamo parlare?"

L'uomo fece per andarle vicino, ma la ragazza lo fermò.

"Non ti permettere!"

Luigi si fermò di scatto, sbigottito dal bagliore folle che le aveva intravisto nello sguardo. Furono pochi istanti.

"Salvo, dovresti venire in ospedale…." Poche parole e riattaccò.

La ragazza guardò la madre stralunata.

"Non ci sto capendo niente! Perché cazzo l'hai chiamato?"

"Perché dobbiamo parlarti da tanto tempo e credo sia giunto il momento."

Sara avvertì una strana sensazione. Un crescente malessere pervaderla dalla testa ai piedi.

Afferrò la borsa, che aveva appoggiato vicino alla porta e fece per andarsene, ma la madre la fermò, afferrandola per un braccio.

"Aspetta Sara, devi ascoltarci. Hai tirato le tue conclusioni, condannandoci senza sapere niente. Ti sei eretta a giudice e inquisitore e di fronte alle tue certezze anche il santo padre risulterebbe colpevole."

"Non voglio starti a sentire."

"Beh mi dispiace, ma devi ascoltarci. Il mondo non è sempre bianco o nero. Esistono tante di quelle sfumature che se andassi oltre l'orgoglio riusciresti a cogliere con molta semplicità, ma chi sa perché preferisci avvelenarti la vita rendendo ogni cosa torbida ed inquinata."

"Ma di cosa stiamo parlando?"

"Stiamo parlando di una ragazza che a venticinque anni pensa che il mondo le stia congiurando contro. Stiamo parlando di te che riesci a scorgere le nuvole della tempesta anche in un giorno limpido di sole. Che ha deciso di buttarsi via, perché pensa di non valere niente…!"

Sara guardò la madre dritta negli occhi, in un atteggiamento di sfida.

"Lasciami passare, ho sentito già abbastanza!"
La donna la teneva ancora saldamente.
"Ti prego, siediti e aspetta che arrivi tuo padre."
La ragazza si voltò nella direzione di Luigi, che era rimasto in silenzio per tutto il tempo.
"Perché dobbiamo parlare qui?"
Il tono della sua voce tradiva l'immensa rabbia che le faceva contorcere lo stomaco.
"Luigi... è un amico di famiglia!"
"Quindi, visto che è un amico di famiglia deve sapere gli affari nostri e magari dire la sua!"
Luigi e la donna si guardarono nuovamente. Sara avvertì che stava per succedere qualcosa. Lo sentiva sotto la pelle. Nei battiti veloci del cuore e nel respiro che, all'improvviso, era diventato corto. Un leggero tremore la scosse e la madre lo percepì.
"Sara...."
Furono le ultime parole che le arrivarono prima che il buio l'inghiottisse.

5

"Perché adesso, accidenti!"
"Pensavo fosse il momento giusto."
"Il momento giusto? Cristo, ma la guardi mai tua figlia?
Hai visto le sue condizioni?"
"Non c'è più tempo!"
"Al diavolo!"
"Salvo, ti prego…."

Sara sentiva la voce dei genitori provenire dalla stanza
accanto. Si guardò intorno e capì che l'avevano distesa sul
divano nello studio di Luigi. Provò a mettersi seduta, ma
un forte senso di nausea l'obbligò a distendersi nuova-
mente. Rimase qualche istante con gli occhi chiusi in atte-
sa che la stanza fermasse il suo girare vorticoso.
"Papà?"
Non riconobbe il suono della sua voce.
Un uomo alto, magro, con i capelli mossi pettinati all'in-
dietro le andò accanto.
"Sara, ma che mi combini?"
"Credo di essere svenuta."
"Da quanto tempo non mangi?"
Sara abbozzò un sorriso.
"Appunto, era quello che sospettavo!"
La ragazza riprovò a mettersi seduta.
"Piano ragazzina, dove credi di andare?"
"Vorrei andare a casa."
"Non credo sia possibile principessa. Dobbiamo aspettare
l'esito delle analisi."
Il padre si voltò a guardare la madre che era rimasta in
disparte. La donna alzò le spalle sconfortata.
Sara guardò il braccio scoperto e solo allora si accorse del
cerotto.

"Ma papà...."

"Non cominciare a fare i capricci." Le fece l'occhiolino, in segno d'intesa.

"D'accordo, aspettiamo questi risultati!"

"Brava la mia principessa!"

Le diede un bacio veloce sulla fronte e s'allontanò. Un'infermiera discretamente fece capolino dalla porta con una fleboclisi in mano.

"Marta!"

Marta, la sua collega di reparto, era una ragazza sui trenta, paffuta e con la battuta sempre pronta.

"Ero sicura che appena avresti rimesso piede in ospedale sarei dovuta correre in tuo aiuto."

"Spiritosa. Comunque non ho niente, tra poco me ne vado."

"Certo, non appena finirai questa. Stenditi da brava."

"Ci mancava anche la flebo." Sara guardò l'orologio con aria indispettita. Il padre e la madre si erano allontanati per parlare. Luigi era sparito.

Mentre la flebo scendeva lenta goccia dopo goccia, la ragazza cominciò a dare i primi segni d'impazienza. Ripensò al discorso di Luigi, le parole della madre e cercò di ricostruire un puzzle con quello che aveva sentito mentre si stava risvegliando. Suo padre era a conoscenza del discorso che quei due volevano farle. Anche lui era stato informato. Sara si mosse incautamente e l'ago si spostò dalla vena, provocando la fuoruscita di sangue.

"Che giornata di merda!"

Afferrò l'ago e cercò di farlo rientrare. Del resto quello faceva parte del suo lavoro. Da quando aveva preso il diploma d'infermiera, di flebo come quella ne aveva somministrate a decine.

"Ma che stai combinando?"

Luigi apparve sulla porta che era rimasta aperta.

"È fuori vena provo a sistemarla."

"Brava, come al solito cerchi di fare tutto da sola!"

"Vorrei andarmene!"

"Certo. Sto arrivando adesso dal laboratorio. In linea di massima i valori sono nella norma…." Luigi rilesse le carte che teneva in mano. "Anche se alcuni sono visibilmente al di sotto. Segno che non ti stai nutrendo abbastanza."

"Quindi?"

L'uomo le si avvicinò per controllare la flebo.

"È quasi finita, aspetta che chiamo qualcuno per fartela togliere."

Si assentò qualche minuto per rientrare seguito da Marta.

"Adesso vai a casa. Fuori ti aspettano i tuoi genitori. Fammi solo una promessa…."

Sara si ravviò i capelli.

"Cioè?"

"Rimetterti in forma. Prenditi quest'altra settimana. Esci. Vedi gli amici. Fai qualcosa che ti distragga…."

"E poi?"

"Appena ti senti pronta rientri al lavoro!"

Sara si alzò cautamente, temeva le potesse ritornare la nausea.

Luigi le prese la mano, un tocco lieve ma allo stesso tempo deciso.

"Paolo è dispiaciuto!"

"Davvero?"

La ragazza sostenne il suo sguardo.

"Davvero! Sta male pensandoti in queste condizioni."

"Povero Paolo!" Rise amaramente "Comunque dì a tuo figlio di non stare in pena."

"Sara, non siamo riusciti a spiegarti come stanno le cose… Comunque, appena ti sarai ripresa, sono certo che risolveremo tutti i problemi!"

"Certo, come no! Adesso, se non ti dispiace, vorrei andare."

L'uomo si spostò per lasciarla passare.

"Non essere così categorica con quel ragazzo, ti vuole bene!"

"Ma non mi ama…." Sara afferrò la borsa che era rimasta in un angolo della stanza. "Appena lo senti, digli di smetterla di tormentarmi!"

Uscì dalla stanza con passo lento, come se dovesse trasportare un carico eccessivo per le sue gambe. Il padre era seduto nella saletta d'attesa. Non si accorse del suo arrivo perché immerso in una telefonata alquanto agitata. L'osservò per qualche istante non vista. Il suo volto era teso e delle piccole rughe si erano formate intorno agli occhi. All'improvviso quell'uomo alto e dal sorriso buono le apparve come un esserino indifeso e provò una grande pena. Gli occhi le si riempirono di lacrime, ma si sforzò di sorridere quando i loro sguardi s'incrociarono.

"Sara, aspetta che ti dò una mano."

"La mamma?"

"Mi ha chiesto di accompagnarti, ci raggiunge appena finito il turno."

"Capisco."

L'uomo la prese sottobraccio per condurla verso il parcheggio. Il loro procedere era lento ma, appena oltrepassata la porta automatica dell'ingresso secondario, andarono a sbattere contro un uomo che arrivava con passo lesto, dalla parte opposta. Era alto, robusto e profumava di brezza marina. Alzò gli occhi furiosa su di lui che, per evitare di farla finire a gambe in aria, la teneva saldamente per le braccia. Si guardarono negli occhi pochi istanti ma furono sufficienti per metterle addosso una spiacevole sensazione. L'uomo abbozzò un sorriso.

"Mi scusi!"

Sara si spostò all'indietro permettendogli di proseguire.

"Che cretino!"

Salirono sulla macchina del padre che si trovava posteggiata sotto un enorme oleandro. Non appena dentro, si lasciò confortare dal tepore dell'abitacolo. Ad un tratto la stanchezza di quel giorno interminabile le piombò addosso. Sonnecchiò per tutto il tragitto. Il padre teneva un'andatura regolare mentre era distratto dalla telefonata, alquanto agitata, che aveva ricevuto da quello che doveva essere il suo capo cantiere. Sara non prestava attenzione alla discussione. Il suo sguardo era perso tra le file di palme che le scorrevano di fianco. Richiuse gli occhi cullata dal fruscio del vento che si stava alzando.

"Accidenti!"

Sentì l'urlo del padre una frazione di secondo prima che un urto spaventoso la proiettasse prima in avanti e poi all'indietro sul sedile. Non riuscì a rendersi conto immediatamente dell'accaduto. Vide il padre scendere ed avvicinarsi con grandi passi verso l'altra automobile. Sara guardò fuori dal finestrino e vide un vecchio suv nero. Furono momenti concitati. Qualcuno aprì la portiera dalla sua parte e le mise qualcosa sulla bocca. Non oppose alcuna resistenza fisica, rimasta bloccata dalla cintura di sicurezza. Tentò solo disperatamente di non respirare. Sentiva il cuore martellarle in testa. Scosse la testa furiosamente a desta a sinistra, finché qualcuno non la neutralizzò impedendole di muoversi. Intanto, fuori era diventato buio ed una fitta pioggerellina prese a scendere lentamente. L'ultimo pensiero prima di lasciarsi sopraffare fu: questa è la fine!

6

Provò ad aprire gli occhi ma non ci riuscì. Sentiva le palpebre incollate. Cercò di deglutire ma un sapore amaro le provocò un conato di vomito. Fece appena in tempo a sporgersi che tirò fuori anche l'anima. Si guardò intorno. Era sdraiata su di un letto morbido tra enormi cuscini. In un angolo una lampada era stata accesa e la luce calda e confortevole rendeva l'atmosfera quasi surreale. Sembrava la stanza di una ragazzina. Una poltrona era sistemata dal lato opposto del letto, una scrivania con tanti libri ed un armadio color miele. La testa le faceva malissimo ed era un peso sollevarla. Dov'era? Non riusciva a riordinare i pensieri che le sfuggivano ogni qualvolta provava ad afferrarne uno. Il volto si rigò di lacrime, che provò ad asciugare con un gesto rapido della mano. Le venne in mente l'incidente avuto col padre e per un attimo si sentì felice. "Ma certo, sono a casa!" Ma le ci vollero pochi secondi per rendersi conto di quanto si sbagliasse. Un brivido le gelò il sangue nelle vene. Risentì la pressione sulla bocca e il respiro le divenne veloce. Cosa le era capitato? Si portò una mano alla fronte e cominciò a massaggiarsela. Intanto l'odore pungente del vomito aveva invaso l'intera stanza. La porta si aprì cautamente ed apparve un essere infagottato dalla testa ai piedi. Sara provò a mettere a fuoco la strana immagine ma appena ci riuscì si sentì nuovamente mancare. Due occhi neri come la notte emergevano da un *niqba*. Si spaventò tantissimo e si ritrasse in un angolo del letto. Quella che doveva essere una donna, le si avvicinò silenziosamente. Osservò il liquido verdastro sul pavimento e riuscì dalla porta da cui era comparsa.
"Dio mio! Che sta succedendo?" Sara scese velocemente dal letto e si avvicinò alla porta per aprirla, ma la trovò chiusa a chiave. Si guardò intorno atterrita. Dietro una

spessa tenda di color amaranto intravide una finestrella. Spostò lo sgabello che era vicino al letto e vi salì sopra per capire su cosa affacciasse. Il cuore le saltò in gola. L'apertura non dava su niente o meglio su una parete rocciosa umida e odorante di muffa. Un pensiero orribile cominciò a farsi violentemente strada nel suo cervello. L'avevano rapita! Non poteva esserci altra spiegazione. Si sedette sul pavimento freddo. Raggomitolò il suo corpo per proteggersi, alla stessa maniera di quando era piccola ed aveva paura del mostro che credeva vivesse sotto il suo letto. Nascose la testa tra le gambe e pianse. Mentre le lacrime le annebbiavano la vista sentiva l'esigenza di respirare, era in carenza di ossigeno. Conosceva bene quella sensazione, stava avendo un attacco di panico. Provò a controllare il respiro, a regolare il battito cardiaco, ma più si concentrava più il terrore s'impossessava di lei. Non aveva mai amato i luoghi angusti e il pensiero che l'unica fonte di ossigenazione di quella stanza fosse una porta chiusa, la soffocava. Cominciò ad annaspare. La gola si chiuse e gli occhi si appannarono. "Sto morendo" pensò ed ebbe voglia di avere accanto i suoi genitori. La porta si spalancò violentemente. Un uomo, la cui possanza aveva saturato l'ambiente, la sollevò da terra senza sforzo alcuno. Sentì il buon odore della sua pelle, prima di perdere i sensi.

"Svegliati!"
Sara aprì gli occhi. Uno sguardo severo di due occhi azzurri come il mare in Sicilia nei giorni di tempesta la fissavano intensamente.
Si spaventò ed alzò un braccio a protezione del volto.
"Non spaventarti e non svenire." L'uomo le scostò delicatamente il braccio. "A quanto pare hai la bruttissima abitudine di perdere i sensi ogni volta che ti senti minacciata!"
Sara spalancò la bocca nel vano tentativo di formulare qualche parola, ma non ne uscì alcun suono. Quell'accen-

to. Quel tono di voce. Quel sorriso beffardo misti con l'odore aspro di dopobarba non le erano nuovi. La ragazza sbiancò. In un attimo riuscì a collocare la presenza dello sconosciuto sia a casa sua che in ospedale.

"Dio mio!"

"Qui non sopportiamo questo tipo di esclamazione."

"Chi siete? Cosa volete da me?"

Sara fece uno sforzo immane per riuscire a parlare.

"Ogni cosa a suo tempo. Adesso alzati e segui Hannane senza fare storie. Ti aiuterà nella tua igiene personale, perché cominci a puzzare."

"Per piacere lasciatemi andare." Sara ricominciò a piangere.

L'uomo la fissò per un attimo e poi si allontanò.

"Ritornerò tra un'ora e se non sarai pronta Hannane verrà punita."

"Cosa?"

"Queste sono le regole. Adesso la sua vita è nelle tue mani. Ogni volta che disubbidirai lei ne pagherà le conseguenze."

La ragazza col *niqba* stava in un angolo col capo chino. L'uomo le andò vicino e le ordinò qualcosa in un lingua incomprensibile. La ragazza fece segno di sì con la testa e l'altro uscì.

Hannane le indicò una porta e le fece segno di seguirla.

"Aspetta, parli italiano?"

L'altra non si scompose quasi non l'avesse sentita.

"Do you speack English?" La donna continuava ad ignorarla. *"Tu parles français?"* Se non l'avesse vista interagire con quell'individuo, le sarebbe venuto il dubbio che fosse sorda.

"Che cazzo di lingua parli!" A questa esclamazione la donna si fermò di botto e si girò.

"Quindi mi capisci e non sei sorda?" Sara le andò vicina e provò a prenderle la mano "Ti prego aiutami!"

Il volto della donna era completamente nascosto ma dall'espressione degli occhi si capiva che era contrariata. Alzò l'indice e le fece segno di far silenzio. Poi si girò e riprese a camminare. La condusse attraverso un corridoio stretto e poco illuminato fino ad una porta a soffietto, che scostò con un movimento rapido. L'interno di colore bianco ospitava un'ampia vasca, un lavello ed un gabinetto. I sanitari sembravano nuovi, come le pareti che odoravano di pittura fresca. Hannane le indicò una sedia su cui doveva sedersi, per aiutarla a svestirsi.

"Scherzi? L'ultima volta che qualcuno mi ha aiutato a fare il bagno avevo sette anni!"

Ma per tutta risposta la ragazza provò a sollevarle il maglione. Sara indietreggiò. Serrando le braccia sul seno.

"Non m'importa cosa ti ha ordinato quell'individuo. Devi uscire da qui, immediatamente."

Hannane non si mosse di un centimetro e non sembrava per nulla turbata dalla violenza che Sara metteva nelle parole.

"Ho capito che sei completamente tonta." La prese per un braccio e la spinse oltre la porta che richiuse immediatamente tenendola ferma attraverso il piccolo pomello d'acciaio. Aspettò qualche minuto. Poi rassicurata che l'altra avesse capito, cominciò a spogliarsi, perché, in effetti, sentiva l'urgente bisogno di ripulirsi. Mentre attendeva che la vasca si riempisse d'acqua bollente si guardò intorno. Un contenitore di bambù era adagiato in un angolo. All'intero, graziosamente adagiati, piccoli flaconcini di oli e sali profumati facevano bella vista di se. Li annusò ad uno ad uno, finché si lasciò avvolgere dal profumo delicato della vaniglia. Immersa nell'acqua fino al collo provò a dare un senso a ciò che stava vivendo. Chiuse gli occhi ed appoggiò la testa sul bordo. I pensieri spingevano per essere raccattati. In quel frastuono silenzioso, l'unica verità ineluttabile era la sua prigionia. Rapita, ma da chi? Due grosse lacrime si confusero con l'acqua ormai quasi fredda. Nelle ultime ore aveva vissuto di tutto. Il suo mondo si era stravolto. Sentiva un tale stordimento, che faceva fatica a realizzare che tutto quello fosse vero e non un incubo, di quelli che si fanno alle prime luci dell'alba, quando ti svegli di soprassalto tirando un sospiro di sollievo. Ma da quell'incubo non sapeva come svegliarsi. Sentì bussare timidamente. Pensò ad Hannane, rimasta sicuramente di guardia dietro la porta. Sara uscì dalla vasca, realizzando che non aveva nulla per coprirsi.

"Come mi asciugo?" Si sentiva a disagio. Non era sua abitudine mostrarsi come mamma l'aveva fatta ad estranei, fossero anche delle donne. Hannane entrò. Reggeva un telo bianco e degli indumenti puliti. Sara provò a coprirsi con le mani, contorcendosi in modo da risultare più piccola possibile. Ci mise un'eternità a vestirsi. Sentiva le guance scottare e le mani le tremavano vistosamente.

"Sono pronta." Sara guardò la ragazza dritta negli occhi e l'altra sostenne lo sguardo avvicinandosi. Con gesti cauti le passò una sciarpa sul capo lasciando le due estremità sulle spalle.

"Non se ne parla." Sara se la tolse, lanciandola sul pavimento. Poi si girò velocemente e s'incamminò per lo stretto corridoio. Si sentiva leggera. Pervasa da una strana euforia. Era come camminare sulle nuvole. In cuor suo sperava che quell'atto di disubbidienza potesse manifestare una forza di carattere che realmente non aveva. Voleva mettere da subito in chiaro che mai e poi mai si sarebbe piegata a loro. Si crogiolava in questi pensieri con tanta veemenza da non accorgersi che l'uomo la stava fissando.

"Mi rammarica constatare che non hai gradito tutti i doni."

Sara si fermò col cuore in gola. Si accorse del disappunto nella sua voce e temette d'aver osato troppo. L'uomo guardò oltre le sue spalle e nella loro lingua scambiò poche parole con Hannane che era sopraggiunta. Sara si voltò e vide l'altra abbassare la testa e ritornare sui propri passi.

"Cosa le ha detto?"

"Non è buona educazione fare tante domande. Seguimi!"

Sara ubbidì quasi ipnotizzata dal tono di voce calmo e autoritario. Non si era resa conto di quanto fosse alto e possente il corpo dell'uomo fino a quel momento. Ad un tratto ebbe paura. Immaginò cose orrende. Scene di ordinaria follia. Sapeva il ruolo ricoperto dalla donna nella società araba. Si fermò, rannicchiandosi contro il muro.

"Dove mi sta conducendo? Chi siete? Perché mi avete rapita?"

Sara parlava con un filo di voce, reso incerto dalle lacrime che cercava di soffocare.

"Rapita?" L'uomo si girò di scatto. "Chi ti avrebbe rapita? Non ti vedo legata a nessuna catena. Sei libera di muoverti. Inoltre, sei stata assegnata alle amorevoli cure di Hannane, che provvederà ad ogni tuo bisogno. Perché pensi di essere stata rapita?"

"Chi siete?"

"Quante domande! Vieni, avrai sicuramente fame...."

"Non ho alcuna intenzione di mangiare niente che venga da voi."

"Questo non è l'atteggiamento giusto!"

Sara si lasciò cadere sulle ginocchia piangendo, ad un tratto tutto lo stress accumulato esplose. Sentì il corpo scosso da brividi di freddo, il cuore accelerare ad un ritmo forsennato e il respiro farsi corto e affannato. Furono pochi istanti prima che il buio l'avvolgesse.

Quando riaprì gli occhi si ritrovò distesa sul letto. Fece un lungo respiro e provò a rialzarsi, ma le facevano male le gambe. Si guardò in giro per la stanza che conosceva già ed ebbe un sussulto quando in un angolo trovò Hannane seduta che la fissava. Sara finse d'ignorarla ma l'altra le andò vicino porgendole la mano per sostenerla.

"Non ho bisogno del tuo aiuto." La scansò spingendola violentemente. Hannane indietreggiò soffocando un grido di dolore. "Che hai? Non posso averti fatto male!" La ragazza massaggiava il braccio sinistro con cautela fissandola negli occhi.

"Ma certo! È stato quell'essere, vero? Che t'ha fatto? Fammi vedere!" Sara provò ad afferrarla ma l'altra si mise sulla difensiva. "Non voglio farti del male, voglio solo vedere che hai." Hannane mostrò il suo dissenso scuotendo la testa, poi si voltò e le indicò la scrivania. "Che dovrei fare, mangiare?" Non si ricordava l'ultima volta che aveva messo del cibo in bocca e nonostante l'orgoglio le impedisse d'ammetterlo l'odore del pollo speziato le faceva contorcere lo stomaco dalla fame. "Non toccherò nulla di quel vassoio. Puoi andare a riferirlo al tuo padrone." Usò l'ultimo termine con tale disprezzo che Hannane socchiuse gli occhi in segno di rabbia. "Portalo via, subito!" La ragazza non si muoveva e Sara sentiva venir meno la forza di volontà. Per quanto tempo avrebbe potuto resistere a quel buon odore che le annebbiava la mente? Se avesse aspettato ancora, anche l'ultimo baluardo di amor proprio sarebbe finito nel piatto fumante che aveva a pochi centimetri. Fu un attimo, non si rese neanche conto di cosa stesse facendo, prese il vassoio e lo scaraventò sul pavimento. Hannane, impreparata ad una simile reazione, l'osservò stordita. Le ci volle qualche secondo per riprendersi dallo sgomento, poi s'inginocchio e provò a raccogliere il cibo. Faceva in fretta, quasi volesse impedire che altri vedessero quello scempio. Ma non ci riuscì. La porta si spalancò all'improvviso.

"Quello che hai fatto è un atto gravissimo. Nel nostro paese non si spreca un dono così prezioso come il cibo. Qualcuno pagherà per questo!"

La minaccia e il tono di voce le misero i brividi addosso. Capì subito che la punizione non la riguardava ma sarebbe stata Hannane a subirla.

"Un attimo… deve punire me… sono stata io!"

"Lo so e sarà lei a piangerne le conseguenze. Prima o poi imparerai a rispettare le regole, altrimenti qualcun altro soffrirà!" Disse le ultime parole fra i denti, facendo fatica a trattenere la rabbia. Lo sguardo furioso che le lanciò prima di chiudere la porta le mise addosso un'enorme inquietudine. Cosa le avrebbe fatto? D'accordo, non la conosceva e magari non le doveva importare nulla visto che stava aiutando quel demonio a trattenerla contro la sua volontà. Ma sentiva un peso enorme sul cuore. Non riusciva a far tacere la sua coscienza. Cominciò a passeggiare su e giù per la piccola stanza, con le orecchie che le ronzavano ed un enorme voragine nello stomaco, che cominciò a brontolare rumorosamente. Ma da quanto tempo era prigioniera? Non riusciva a quantificarlo. Era successo quello stesso giorno oppure forse era stato ieri. Anche in quel momento non sarebbe stata in grado di dire se era mattina, pomeriggio o notte. L'assenza di orologi e di un qualunque riferimento con l'esterno le impedivano di capire il passare del tempo. Si sdraiò sul letto e attese il ritorno di Hannane. Sperava sinceramente che l'uomo non le avesse fatto del male. Non poteva sopportare l'idea di essere la causa della sofferenza di un'altra persona, lei che di professione doveva salvarle le vite non affliggerle.

7

Il rumore della porta che veniva chiusa delicatamente la svegliò. Si era addormentata senza accorgersene. Hannane posò il vassoio sul tavolo e rimase in disparte aspettando che lei si avvicinasse.

"Hannane!" Sara pronunciò il suo nome per la prima volta, cercando d'imitare l'accento che aveva sentito dall'energumeno. La ragazza si voltò lasciando Sara senza parole. Aveva gli occhi rossi e gonfi e il khol sbavato agli angoli come se fosse stato rimesso in fretta.

"Non era mia intenzione metterti nei guai! Scusami!" Hannane abbassò lo sguardo e s'allontanò dalla scrivania, dove aveva riposto il vassoio. Sara, per dimostrarle la sua buona volontà a collaborare, si sedette e prese in mano la forchetta. "Guarda, sto mangiando. Okay?" Ma Hannane la guardava senza espressione. Rigirò il vassoio fumante dove era stata sistemata una ciotola con del riso bianco, pezzetti di pollo ed una pagnotta. La ragazza prese il pane, il cui profumo le ricordò quanta fame avesse, e ne spezzò una parte per passarla ad Hannane. "Vorrei che mangiassi con me!", ed accompagnò le parole col gesto della mano nella speranza di farsi capire. La ragazza fece di no con la testa. Al primo boccone sentì il corpo invaso da una strana euforia culinaria, non faceva in tempo ad ingoiare un pezzetto che un altro ancora più grande ne prendeva il posto, riempiendole completamente la bocca. Questa frenesia e il tempo prolungato di assenza di cibo le crearono non pochi problemi. Afferrò la bottiglietta d'acqua e la bevve tutta d'un fiato, non solo perché stava per strozzarsi ma soprattutto perché il pollo, cucinato tra mille spezie, risultò eccessivamente piccante per il suo palato. Sentì una vampata di calore partirle dallo stomaco e finirle dritta sulla faccia. Tossì qualche volta e con la mano cercò di far entrare più aria possibile dentro la bocca incendiata. Gli occhi di Sara incontrarono quelli di Hannane che, sotto il velo che le celava quasi tutto il volto, sorrideva soddisfatta dalla scena a cui stava assistendo.

"Bene a quanto pare ridi di me!" Sara voleva essere spiritosa, invece caricò la frase di un senso che non voleva darle. Hannane ritornò subito seria, come se fosse stata sorpresa a fare qualcosa di male.

"Scusa, non volevo rimproverarti... Accidenti!".

Hannane si avvicinò alla scrivania e prese un bicchiere per porgerglielo.

"Cos'è?" Sara l'annusò e ne dedusse dal colore e dalla consistenza che poteva essere latte. Hannane le mimò l'azione di bere e lei obbedì. Aveva un sapore strano, anche se non poteva dirsi cattivo. Nonostante il gusto dubbio, ebbe l'immediato effetto di calmare la fornace che era diventata la sua bocca.

"Grazie." Le due ragazze si fissarono per qualche istante. C'era qualcosa d'increscioso nello sguardo di Hannane e questo la turbava. "Potresti dirmi che giorno è?"

Hannane, intenta a sistemare gli avanzi di cibo, si fermò per qualche istante. Aveva capito la richiesta. Raccolse il vassoio e lasciò la stanza. La frustrazione dell'ostinato silenzio di Hannane e la paura di ciò che poteva succederle, sprofondarono la ragazza in una grande angoscia. Si avvicinò alla porta e provò ad aprire, ma questa risultava bloccata. Sentì le lacrime offuscarle gli occhi ed un nodo soffocarle la gola. "Chi sono queste persone? Da quanto tempo sono qui?" Si sdraiò sul letto e pianse ad alta voce, finché sfinita s'addormentò.

Uomini con lunghe barbe nere e donne segregate dal *burqa* la tormentarono. Li sentiva parlare una lingua incomprensibile e i suoni che producevano le ronzavano in testa come uno sciame di api impazzite. Spalancò gli occhi, terrorizzata, madida di sudore. Si guardò intorno. Le ci volle qualche minuto per capire dov'era. Si asciugò la fronte e

provò a mettersi seduta. Aveva la testa pesante. Le orecchie le ronzavano. Non si accorse subito né della sveglia che era stata posizionata sulla scrivania né del calendario appeso ad un angolo sotto la piccola finestra. Si avvicinò e controllò l'ora: segnava le 22:45, ma di quale giorno? La ragazza si avvicinò al calendario. Per un momento sentì il cuore fermarsi. Non poteva essere già dicembre. Cercò di ricostruire il giorno che era stata rapita. Per quanto si sforzasse i ricordi erano confusi. Sapeva che era un lunedì di novembre, perché quel giorno sarebbe dovuta rientrare al lavoro. Oppure no! Forse non era lunedì e non era neanche novembre. Sara osservò nuovamente il foglio appeso al muro. E se l'avessero fatto apposta per disorientarla? Tirò via il calendario. Con uno strappo violento fece saltare il piccolo occhiello su cui era stato sistemato. Si appoggiò con le spalle al muro e cominciò a piangere. Sentiva la disperazione avere il sopravvento. Ripensò a tutte le cose terribili che aveva detto a Paolo. Ripensò a sua madre e l'idea che la sua vita potesse finire senza darle la possibilità di rimediare, la soffocava. Si accasciò sul pavimento e pianse disperatamente. Le vennero in mente tutte le volte che aveva desiderato sparire senza lasciare traccia. Adesso, una giustizia cosmica l'aveva accontentata eclissandola.. Nascose la faccia tra le mani e continuò a piangere fino a non avere più lacrime. Si odiava. Più cercava di tenere a freno le lacrime, più scorrevano veloci come un fiume in piena. Hannane entrò silenziosamente e rimase sul ciglio ad osservarla. Sara sollevò il volto.
"Che cazzo hai da guardare?" La ragazza si tirò su mollemente. "Ma che ti chiedo a fare! Tu soffri di mutismo, vero?" L'altra socchiuse gli occhi, infastidita. "Che volete da me… non sono ricca. Se state facendo tutto questo perché sperate in chissà quali guadagni, vi state sbagliando di grosso!" Poi, abbassando la voce, quasi a se stessa: "Alla fine avete fatto un favore a tutti, togliendomi dai piedi." Si asciugò rapidamente una lacrima, rimasta sospesa tra

le lunghe ciglia. "Che patetica, vero?" Hannane le andò vicino ."Non sei patetica!" Sara sgranò gli occhi, stupita. "Ma, allora parli?"

Hannane aprì la porta e diede una sbirciata veloce al corridoio, poi fece segno di far silenzio.

"Non devi farmi troppe domande. Se dovessero accorgersi che sto parlando con te, finirei nei guai." La voce della ragazza era quasi un sussurro impercettibile. Anche Sara faceva fatica a sentire le sue parole.

"Aiutami, ti prego! Da quanto tempo sono rinchiusa in questo posto? Sono confusa. Un attimo penso sia successo solo ieri. Mi rivedo seduta in con mio padre e poi... non so, mi fa sempre male la testa!"

"Ti hanno tenuta sedata per parecchio tempo."

Hannane tradiva un lieve accento francese, simile a quello dell'uomo.

"Sedata?" La voce le uscì stridula.

"Per pietà, parla sottovoce."

Sara alzò gli occhi sulla porta, temendo di vederla aprire da un momento all'altro.

"Sei prigioniera anche tu?"

Hannane sistemò il velo sul volto.

"In un certo senso, Ammar è mio fratello."

"È lui che mi ha rapita e sedata?"

"Basta, se sapesse che ti ho parlato mi ucciderebbe!" Hannane fece per uscire, ma Sara la trattenne per un braccio.

"Ti prego, non lasciarmi da sola, sento che sto per impazzire. Ho bisogno di sapere."

"Verrò più tardi. Adesso devo tornare su, altrimenti scende a cercarmi." Hannane si massaggiò il braccio, segno che le faceva ancora male.

"Ti ha picchiata per colpa mia?"

"Non è colpa di nessuno, è mio fratello!" Sussurrate con rassegnazione le ultime parole, uscì.

Sara aspettò con ansia il suo ritorno. Doveva cercare un modo per farsi dare più informazioni possibili, senza metterla sulla difensiva, magari, instaurando con lei una sorta di complicità tutta al femminile. Quando Hannane riapparve, qualche ora dopo, portava con se degli indumenti puliti. Il suo sguardo sembrava più dolce.

"Ti stavo aspettando." Sara le andò incontrò.

"Ti ho portato un cambio."

"Grazie. Vorrei potermi lavare prima."

Hannane sembrò un po' disorientata da quella richiesta improvvisa.

"E vorrei anche poter usare una toilette!"

"Capisco. Dovrei chiedere il permesso ad Ammar, ma lui non c'è...." Ci pensò qualche secondo incerta sul da farsi.

"Però, se non c'è non verrà a saperlo. Giusto?"

Aprì la porta e le fece strada lungo il breve corridoio che conduceva al piccolo bagno.

"Ti dispiace lasciarmi da sola?"

"Non dovrei, ma aspetterò fuori dalla porta. Ti chiedo solo di fare presto."

Sara sfoderò uno dei suoi migliori sorrisi che incoraggiarono Hannane sulle sue buone intenzioni. Appena richiuse la porta, studiò attentamente la stanza. Dietro una spessa tenda rossa si trovava un'apertura, poco più grande di una condotta d'areazione. Salì sul bordo per calcolarne da vicino le misure. Si issò a fatica, cercando di fare meno rumore possibile. Appoggiò il piede sulla fontana e, spingendosi con tutta la sua forza, si issò all'interno. Odorava di muffa ed escrementi di topo. Lo percorse, nauseata, strisciando sui gomiti. Le servirono pochi minuti per ritrovarsi fuori, inghiottita dal buio di una notte senza luna. Che direzione prendere per allontanarsi velocemente dai suoi rapitori? Era sicura che in quel preciso istante Hannane aveva scoperto la sua fuga. Con questo pensiero fisso in testa e per un ritrovato istinto di sopravvivenza, iniziò a correre giù per lo stretto passaggio in terra battuta, su cui era appena atterrata. Il vento sibilava tra gli alberi e le nuvole, sospinte leggere nel cielo, si trastullavano con la luna, giocando a nascondino. Una parola insistente si fece spazio tra i suoi pensieri: corri. E lei corse, con tutto il fiato che aveva in corpo. Scivolò, inciampò tra le radici degli alberi che le ostruivano il passaggio, si ferì il viso e rimase anche impigliata tra i rami di una fitta vegetazione. Si fermò un attimo, per riprendere fiato e calmare il ritmo forsennato del cuore. Si guardò indietro e poi di nuovo davanti a se, ma non riusciva a vedere nulla. Un brivido gelato l'attraversò. Che fare? Indietro non sarebbe mai tornata. Sentì un uccello notturno sollevarsi tra i rami ed il canto sfavorevole di una civetta. La scarica di adrenalina, che l'aveva condotta fin lì, la stava abbandonando. La stanchezza, il freddo e i rumori della notte, la precipitarono in un buio profondo. Seguì il sentiero fino ad una radura che si affacciava sul mare. Ne sentiva il profumo e lo sciacquettare delle onde che s'infrangevano. Provò ad immaginare in quale parte della Sicilia l'avevano condotta. Camminò a passi incerti, attenta a non avvicinarsi troppo allo strapiombo, ma il rumore di un animale che si muoveva velocemente nella sua direzione la spaventò al punto che, indietreggiando, perse l'equilibrio finendo nel vuoto. Furono pochissimi istanti in cui rivide la sua vita scorrerle veloce davanti, poi un tonfo e la notte che calava imperiosa.

8

La voce alterata di Ammar la ridestò. Aprì gli occhi e un dolore lancinante la fece urlare.

"Non ti muovere!"

Sara si portò la mano alla testa, che trovò fasciata. Sentì dolore in tutto il corpo e respirare le costava fatica. Ammar le andò vicino, per porgerle un bicchiere con dell'acqua e delle compresse.

"Allah ti ha protetta. Se non fossi atterrata su quella piccola sporgenza, saresti caduta sulle rocce. Non devi allontanarti mai più. Non c'è bisogno di scappare. Se vuoi proprio uscire, chiedi!"

Sara provò a ridere. Il tono delle parole di Ammar ricordava quello di un padre premuroso che sgrida la sua bimba imprudente.

"Quindi posso andare via? Posso tornare a casa?"

Hammar socchiuse gli occhi. Espressione che aveva visto fare anche ad Hannane.

"Ma tu sei a casa! Questa è la tua famiglia. Non devi opporti al volere di Allah!"

"Ma vaffanculo. Siete tutti matti!"

"Non è dignitoso per una donna usare questi termini." La voce dell'uomo divenne più profonda, ma l'inflessione francese ne sfumava l'aggressività.

"Mi vuole picchiare?"

"Non approfittare della tua buona sorte. Non amo essere sfidato da una donna, ma stai certa che il tuo comportamento insensato non resterà impunito!"

"Che volete da me? Che volete?"

Sara urlava in preda ad una crisi isterica.

"Risparmia le tue energie, ne avrai tanto bisogno!"

Dette queste parole uscì.

La ragazza provò a mettersi in piedi ma le faceva male ogni piccola parte del corpo. Sollevò il maglione e si accorse che qualcuno le aveva medicato le varie escoriazioni. Ruotò prima il polso destro e poi il sinistro. Lo stesso fece con le caviglie, per accertarsi che non avesse nulla di rotto. La schiena le faceva male ed un enorme livido si stava allargando in prossimità dei reni. Si tirò su, ebbe un capogiro che le fece perdere l'equilibrio.

"Maledetti, ho bisogno di andare in ospedale!" Pianse tutta la sua disperazione in una solitudine che le pesava più della stessa prigionia. Provò a ricordarsi che prima di tutto era un'infermiera e, come tale, doveva mantenere la calma e restare lucida. Provò a valutare lo stato generale delle sue ferite, ma la testa le era diventata talmente pesante che faceva fatica a ricordarsi le fondamenta degli studi di anatomia fatti alla scuola d'infermieristica.

Si sollevò cautamente, ma stare in quella posizione la faceva stare troppo male, così lentamente appoggiò nuovamente la testa sul cuscino. Non voleva addormentarsi, sentiva solo il bisogno di riposare. Ascoltò per qualche istante il suono regolare del suo battito e poi chiuse gli occhi.

Il rumore di qualcuno che si aggirava per la stanza, la ridestò. Vide Hannane, in un angolo della stanza, sistemare un tappeto variopinto, su cui sedette con le gambe incrociate. La sentì pregare nella sua lingua, rimanendo affascinata dal suono della sua voce. Fece finta di dormire, così da poterla osservare indisturbata. Pregava con voce sommessa. Sara fu colpita dallo stato di trasporto totale in cui era sprofondata, mettendo maggiormente in evidenza le differenze tra le loro culture. Ripensò a tutte le volte che l'avevano costretta, da piccola, ad andare a messa la domenica. Si rivide seduta tra le panche dei primi posti, a far finta di ascoltare l'interminabile predica di don Agatino, che alla fine della predica, se ne usciva con qualche battuta su quanto fossero spilorci i suo fedeli. Si rivide fissare il quadro della Beata Vergine, mentre si lasciava trasportare da ben altri pensieri, che non avevano nulla a che fare con la funzione religiosa. Si sentì in colpa. Aveva trascorso la sua vita da cristiana, pensando che bastasse fingere di assolvere a qualche dovere eucaristico per essere in pace con la propria anima. Così, mentre guardava quella donna con quanta passione pregasse, si sentì indegna di cercare Dio in quel momento spaventoso. Tossì bruscamente e lo spasmo all'addome le procurò una fitta lancinante al petto. Hannane, richiamata dall'urlo spezzato della ragazza, smise di pregare. Per un momento, che a Sara parve interminabile, si fissarono in silenzio.

"Mi sta capitando troppo spesso di essere in torto nei tuoi confronti e di doverti chiedere scusa. Mi dispiace, temo ancora una volta tu abbia subito le conseguenze del mio comportamento!"

La ragazza si alzò e, dopo aver arrotolato il tappeto, le andò vicino.

"Questa è l'ora della preghiera ed è il momento in cui il mio cuore si alleggerisce di tutti i pensieri negativi che lo dimorano."

Sciolse il velo che le nascondeva il volto, liberando una cascata di riccioli neri che esplosero in tutta la loro lucentezza. L'odore di shampoo appena fatto riempì la stanza. Sara era esterrefatta. Aveva creduto che Hannane fosse una donna sulla trentina, ma si rese subito conto di quanto si fosse sbagliata. Il suo volto portava i segni di una recente adolescenza. Le labbra carnose disegnavano un morbido cuore, quasi fossero state disegnate dalla mano di un pittore esperto. Aveva gli occhi grandi, impreziositi dalle lunghe ciglia, contornati ad arte dal *kajal*, che ne intensifica la profondità.

"Quanti anni hai?"

Hannane la fissò perplessa.

"Perché me lo chiedi?"

Sara provò a mettersi seduta.

"Accidenti…." Storse le labbra per il dolore.

"Ti fa molto male?"

"Diciamo che se non mi muovo riesco a non pensare al dolore."

"Sai che potevi morire? E non parlo solo della caduta!" Hannane posò il velo sul tavolo e ravvivò i capelli che le scendevano ribelli sulle spalle.

"Credo che a questo punto non faccia nessuna differenza tra il morire in quel dirupo o per mano vostra!"

"Perché parli così? Ti senti trattata male?"

"Non mi avete forse rapita, per chiedere un riscatto? E se i miei genitori non avessero tutti i soldi che chiedete, che ne sarà di me?"

Hannane sospirò.

"Inshallah Sara! Non spaventarti. Nulla è mai come sembra!"

"E allora, dimmelo tu com'è! Parla con me, spiegami."

"Non posso!"

"Non puoi o non vuoi?"

"La tua cultura t'impedisce di capire certe regole, ma qui è diverso. Da noi le donne ubbidiscono alle leggi del corano…."

"Da voi? Perché, dove siamo? Non siamo in Sicilia?"

Hannane rimase qualche attimo incerta se proseguire o tacere.

"No Sara, siamo in Marocco."

La ragazza si sentì mancare il respiro, si guardò intorno e provò a respirare con calma.

"Che cazzo dici? Come sono arrivata in Marocco?"

"Per carità, non urlare! Così attirerai l'attenzione di Ammar."

Hannane poggiò la mano sul cuore, provando a farle capire la paura che aveva del fratello.

"Non sono in grado di darti tutte le risposte, ma, se te ne stai buona e non ci metti in pericolo, ti racconto quello che so."

Sara annuì e provò a tenere a bada l'irrefrenabile voglia di tempestarla di domande.

"Credo che tutto sia iniziato più di un anno fa, quando a casa nostra è arrivato mio cugino, Chadi , che era stato in Italia per lavoro. Chadi è il figlio del fratello minore di mio padre...."

"Per piacere, non m'interessa il tuo albero genealogico!"

Sara prese a tormentarsi la benda che le avvolgeva il capo.

"Tu vuoi sapere il perché ti trovi qui, ma non hai la pazienza di ascoltare!"

Hannane fece per alzarsi, ma Sara l'afferrò per un braccio.

"No, aspetta... scusami! Resterò in silenzio finché non avrai finito di raccontarmi tutto. D'accordo?"

La ragazza annuì e dopo aver cercato le parole giuste proseguì.

"Dunque, Chadi, tornato dall'Italia, venne dritto a casa nostra perché doveva parlare urgentemente con Ammar di affari importanti. Da quando è morto nostro padre è lui che si occupa dell'intera famiglia. Non so di cosa hanno discusso, le donne non entrano mai negli affari degli uomini, l'unica cosa che so è che per giorni li ho visti aggirarsi indaffarati per tutta la casa. Un pomeriggio, che si erano allontanati per scendere in paese, spinta dalla voglia di capire cosa stesse succedendo, sono entrata nella stanza delle loro riunioni."

Sara trattenne il fiato, nell'attesa che continuasse a parlare.

"Sulla scrivania ho trovato indirizzi, targhe di automobili e tantissime foto. E poi ti ho vista per la prima volta."

"Erano foto mie?"

"Non tutte. Ognuna di loro aveva un appunto con orari e spostamenti."

"Mi hanno pedinata?"

"Forse."

Hannane le poggiò una mano sulla sua, quasi a volerla confortare.

"Una foto in particolare mi è rimasta impressa. Lo sguardo perso di una ragazza infelice. Sotto, in calce, c'era il tuo nome ed un indirizzo."

Sara faceva fatica a credere alla storia che le stava raccontando.

"E tutto questo lavoro, per cosa? Quanto hanno richiesto per il mio rilascio?"

Hannane scosse la testa.

"Non ti hanno rapita!"

"Ah no? Quindi mi trovo qui, paralizzata dal dolore, per godermi una bella vacanza!"

Sara rise sarcasticamente.

"Tu hai troppe paure nel cuore e questo ti rende diffidente!"

"Ma sei scema o stai solo cercando di farmi incazzare?"

Hannane si alzò di scatto dal letto, impaurita dal cambiamento repentino del suo umore.

"Devo andare."

Sara fece per alzarsi, ma una fitta la fece desistere.

"Scusa, non volevo aggredirti. Ma mi manda fuori di testa il fatto che continuamente mi dite che non sono stata rapita."

"Inshallah Sara! Ritornerò più tardi con la cena."

Prima d'uscire indossò nuovamente il velo, le diede un'ultima occhiata e richiuse la porta dietro di se. Rimasta da sola, Sara rimuginò a lungo sulle cose che le aveva rivelato Hannane. Ripensò a quel lunedì in ospedale, quando Luigi e sua madre sembravano pronti a rivelarle chissà quale triste storia. Si spaventò. Forse loro erano a conoscenza del pericolo che stava correndo. Forse, avevano ricevuto delle minacce. Ma perché non metterla al corrente subito? Perché non avevano fatto di tutto per impedire che la portassero via? Ripensò a suo padre. Si rivide sonnecchiare lungo il tragitto per casa. Ad un tratto, le risultò come una stonatura il fatto che il padre non avesse scelto la tangenziale ma preferito la strada più lunga, lungo la costa. Non si era accorta di niente! Un ricordo le balenò e quasi le si fermò il cuore. L'uomo in ospedale, contro cui era andata a sbattere, non era lì per caso, adesso ne aveva la certezza. Quell'uomo era Ammar. Che ruolo avevano avuto i suoi genitori, e lo stesso Luigi, in tutta quella storia? Perché farla rientrare al lavoro proprio quel lunedì? Si ricordò delle parole della madre: "Non posso più coprirti!" Perché le aveva dette? Aveva tante di quelle domande che le ronzavano furiose in testa, che all'improvviso le venne un'emicrania, così violenta, che non riuscì più a tenere gli occhi aperti. Si rendeva conto di essersi addormentata, ma non riusciva ad aprire gli occhi. Si vedeva precipitare nel vuoto e le sue urla le morivano dentro. Si agitò, come se un peso la schiacciasse contro il materasso. Provò a spostarlo e sentì la sua pressione sul volto. Non riusciva a muovere la testa, era come incollata al cuscino. Goccioline di sudore le affiorarono dalla fronte, mentre grosse gocce di pianto le scesero veloci sul viso.

"Sara svegliati." Hannane la stava scuotendo delicatamente.

La ragazza spalancò gli occhi stordita, non riuscendo ad orientarsi immediatamente.

"Calmati, hai solo avuto un incubo!"

Sara pianse ad alta voce, incurante dell'altra che la guardava scioccata.

"Non devi lasciarti andare allo sconforto. Ti assicuro che nessuno ti farà del male. Te lo prometto."

Sara si voltò dall'altra parte, non riuscendo a sopportare la presenza della ragazza.

"Che ruolo hai in tutta questa storia?"

Hannane si accovacciò vicina al suo capezzale e con un panno prese a lavarle in viso.

"Devo farti compagnia e assicurarmi che tu stia bene!"

"Lo sai che prima o poi mi troveranno e dovrai pagare anche tu per tutto questo?"

"Nessuno ti sta cercando, Sara! Siamo noi, adesso, la tua famiglia."

"Smettila di dirmi queste cose. Non sono così sprovveduta come credete. Qualcuno avrà visto il rapimento e sono sicura che i miei genitori stiano facendo l'impossibile per trovarmi!"

"Ne sono certa. Non dubito del fatto che la tua famiglia ti stia cercando e sono altrettanto sicura che ti troveranno presto."

"Vuoi dire che mi aiuterai a scappare?"

Hannane posò la bacinella che teneva in mano.

"Non hai bisogno di scappare. Ti ripeto, non sei prigioniera."

"E allora portami fuori. Usciamo da questa stanza, ho bisogno di respirare, di vedere il sole, il cielo. Ti prego Hannane aiutami!"

La ragazza sorrise dolcemente.

"Appena starai meglio, ti prometto che andremo in giro per i bazar ad acquistare degli abiti nuovi e magari a conoscere le persone del posto."

Sara la guardò incredula.

"Non stai dicendo sul serio!"

"Chiederò il permesso ad Ammar ed andremo giù in paese. Prima, però, devi rimetterti." Si alzò per prendere qualcosa dalla scrivania.

"Prendi queste compresse."

"Cosa sono?"

"Degli antidolorifici Hai due costole incrinate."

"Ecco perché fatico a respirare."

"È venuto il medico mentre eri svenuta."

"Vuoi dire qui dentro?"

"Si."

"E come avete giustificato la mia presenza?"

"Ammar gli ha fatto credere che sei la sua futura sposa, un po' distratta, e che, durante una passeggiata, sei caduta!"

"Che pezzo di merda!"

Hannane la fissò, incerta se offendersi o ridere.

"Forse hai ragione, è proprio un *pesso di medda*!"

Al sentir pronunciare quella frase, con l'inflessione datale da Hannane, non poté trattenersi dallo scoppiare in una fragorosa risata.

"Cazzo, che male!"

"Non devi ridere in quel modo, non si addice ad una donna!"

"Sai Hannane, certe volte non capisco se sei proprio così o mi prendi per il culo!"

"Non capisco!"

"Lascia perdere." Sara respirò lentamente. "Come avete fatto a condurmi qui? Non ricordo nulla!"

"Quando sei arrivata non ti reggevi in piedi e vagavi con lo sguardo senza vedere nulla."

"Mi hanno drogata?"

Hannane scosse la testa, non sapeva cosa rispondere.

"Posso immaginare di aver viaggiato in uno stato di semi coscienza. Mentre dormo ho dei flash, come fossi sospesa in aria, e da lontano mi arrivano dei rumori assordanti. Magari sono i ricordi del tragitto." Sara pensava ad alta voce. "Per quanto tempo sono rimasta drogata?"

"Non so risponderti. Forse due o tre settimane."

"Drogata per tutto questo tempo! Adesso posso spiegarmi perché ho dato di stomaco il giorno del mio risveglio. Sento ancora quel sapore amaro in bocca."

"Non dovresti pensarci, adesso l'importante è che sei a casa."

"A casa? Questa non è casa mia!"

Sara non riusciva più a controllarsi. Urlava con tutto il fiato che aveva in corpo. Hannane capì che era meglio allontanarsi, ma non appena fece per aprire la porta, un dolore lancinante, la bloccò. Tutto avvenne in una frazione di secondo. Non ebbe il tempo di realizzare di doversi scansare, che il bicchiere con l'acqua, che si trovava sul comodino, la centrò in faccia. Nel preciso istante in cui lanciava l'oggetto, Sara si rese conto della gravità del gesto. Una chiazza rossastra cominciò ad espandersi macchiando il velo della ragazza, la quale, ancora stordita, si sfiorò il volto con le dita, ritrovandosele piene di sangue.

"Hannane!"

Il bicchiere aveva preso in pieno il sopracciglio destro che all'impatto si era lacerato, lasciando fuoriuscire un rivolo abbondante di sangue.

"Ho sbagliato a fidarmi di te. La tua anima è malvagia!"

Corse via sbattendo la porta.

Sara si maledisse. Non voleva farle del male, ma quella situazione stava risvegliando un lato oscuro che aveva sempre ignorato.

9

I giorni successivi furono scanditi da un ritmo lento. Una donna sulla sessantina aveva preso il posto di Hannane. Non parlava una parola d'italiano e i suoi modi bruschi le ricordavano tanto le secondine viste nei thriller americani. L'accompagnava nella stanza del bagno e aspettava appena fuori, con la porta aperta. Sara sentiva il peso del suo sguardo in ogni azione che faceva. Se volevano punirla per quello che aveva fatto alla povera Hannane ci stavano riuscendo alla grande. Non sopportava nulla di quella donna, silenziosa ma allo stesso tempo fastidiosa. Non un solo suono usciva da quella bocca, ma quel silenzio aveva il peso di mille rimproveri.

"Come sta Hannane?"

La donna la guardò con aria cupa.

"Hannane, non bene!"

"Per colpa mia?"

Sara accompagnava le parole a dei gesti teatrali per farsi comprendere meglio dalla donna.

"Inshallah!"

Sara sconosceva il significato di quella parola, ma aveva notato che sia Hannane che la donna la intercalavano ogni qualvolta avessero bisogno di sostegno.

"Posso vederla?"

La donna scosse la testa in segno di diniego.

"Per favore, mi devo scusare!"

La ragazza cominciò a piagnucolare. Era da qualche tempo che le lacrime le uscivano senza controllo, segno di un esaurimento nervoso. La donna, intenerita dalle lacrime, alzò una mano per asciugarle il volto. Quel gesto inaspettato le fece salire un nodo alla gola, che quasi la soffocò. Era stanca, sapeva che non avrebbe resistito oltre in quella condizione. S'inginocchiò e cominciò a piangere.

"No... Pallare io con Ammar!"
Parlava lentamente cercando, nel suo inesistente italiano, le parole giuste per farsi capire. Sara si alzò asciugandosi gli occhi col dorso della mano, tirò su col naso e sorrise.
"Grazie."
"Inshallah."
La donna uscì ma non chiuse la porta. Sara sbirciò nel corridoio indecisa se seguirla o restarsene dov'era. Dopo quello che aveva combinato con Hannane aveva deciso di essere più cauta. Ribellarsi, cercando la fuga, le aveva procurato due costole incrinate. Doveva aspettare, capire come muoversi, senza rischiare nuovamente la vita. Tornò a sdraiarsi sul letto. Del resto negli ultimi tempi era diventato il suo sport preferito. Si sentiva sempre stanca e di notte soffriva di terribili crampi. La dieta, a base di riso e pollo, che le propinavano, le stava creando non pochi problemi. Controllò i muscoli delle cosce e notò un preoccupante stato di flaccidità. Si guardò nel piccolo ovale che aveva dietro la porta e si spaventò. La ragazza riflessa era una Sara sconosciuta. La pelle del viso era di uno sconcertante colore olivastro. Delle profonde occhiaie incorniciavano due grandi occhi verdi spiritati. Si sfiorò i capelli, che da tempo non vedevano un phon e uno shampoo decenti. L'incuria prolungata li aveva trasformati in un cespuglio selvatico. Sorrise tristemente alla sua immagine riflessa. "Chissà la reazione di Paolo vedendomi in questo stato!" Questo pensiero le procurò una fitta dolorosa al petto. Una lama d'acciaio la trafisse da una parte all'altra. "Paolo, che era uscito dalla sua vita sbattendo la porta senza voltarsi indietro. Buttando come niente progetti e sogni fatti insieme. Lui, che per non guardare in faccia i problemi, aveva preferito scappare a Milano, protetto da un padre comprensivo e amorevole. Chissà se era stato informato del suo rapimento? Chissà se il rimorso

del male inflittole, lo faceva vivere sereno?" Si sedette sul bordo del letto e appoggiò la testa sulle mani aperte.

"Il tuo problema è che pensi troppo!" .

Sara guardò Hannane negli occhi, senza trovare la forza di alzarsi dal letto. Rimase in silenzio, in preda ad una strana confusione. Non riusciva a capire se la felicità di vederla era dettata dal sollievo che dopotutto non le aveva fatto così male, oppure...

"Temevo non venissi più a trovarmi. Credevo che per punizione mi avresti lasciata nelle mani della vecchia."

"Vecchia?"

"Ma dai, la signora che ti ha sostituita. La marescialla del terzo reich!"

"Vuoi dire Miriam, mia madre?"

Sara si sentì morire. Un'ondata di calore le salì dallo stomaco per schiantarsi sul volto che divenne paonazzo.

"Scusa! Non ne azzecco una."

Hannane sorrise, mentre socchiudeva la porta alle sue spalle.

"Non ti preoccupare. Effettivamente, la prima impressione che dà di sé è quella di una donna severa e scontrosa. Ma conoscendola bene ci si accorge che è una donna che ha dovuto lottare tanto nella sua vita."

Sara le andò vicino. Con un movimento delicato le sciolse il velo e, scostandole una ciocca di capelli che le copriva il sopracciglio ferito, vi passò leggermente il dito. Una crosta nera aveva rimarginato lo squarcio.

"Ti fa molto male?"

Hannane, sorpresa dal gesto inaspettato, rimase immobile trattenendo il respiro.

"Avevo chiesto tue notizie." Sara, senza accorgersene, continuava a sfiorarle il volto. "Ti ho pensata tanto in questi giorni. Ho sperato, ogni volta che si apriva la porta, che fossi tu che venivi a trovarmi. Ho bisogno di chiederti scusa!"

La ragazza indietreggiò qualche centimetro e guardò Sara con aria interrogativa.

"Sai, nella vita reale non sono così violenta. Ma qui, ogni cosa sfugge al il mio volere. Sono "ospitata", in questa stanza, contro la mia volontà e non riesco a capacitarmi perché mi è capitato tutto questo."

"Vorrei poterti essere d'aiuto per sollevarti da tutti questi interrogativi. Ma non posso! Però voglio dirti, e spero questo ti risollevi, che nessuno ti farà mai del male. Che mai nessuno si accosterà a te per ferirti, perché questo è il mio compito: proteggerti, soprattutto da te stessa!"

Sara scosse la testa rassegnata.

"Se vuoi aiutarmi devi portarmi fuori da queste quattro mura. Sto impazzando! Soffro di continue crisi di pianto e guarda la mia pelle, ti sembra che stia bene?"

Sara assunse nuovamente un tono aggressivo che spaventò la ragazza.

"Non mi colpirai di nuovo?"

Sara la guardò per qualche istante, per rendersi conto che non stava scherzando, ma che la sua paura era reale.

"Certo che no! Vedi che mi succede, non riesco a controllarmi. Ti prego portami fuori. Ho voglia di vedere il cielo, il sole, respirare aria. Ti prego aiutami!"

"Si, ma prometti che non scapperai. Perché, se dovessi riprovarci, Ammar, questa volta, mi uccide."

"Scherzi?"

Hannane abbassò leggermente la camicia sulle spalle per lasciarle vedere i graffi che la segnavano.

"Oh mio Dio!" Sara inorridì. "Perché?"

"Perché? Se durante la fuga fossi morta tutta la famiglia ne avrebbe pagato un prezzo altissimo!"

"Non capisco. Non può prendersela con te per ogni mia sciocchezza!"

"Chi glielo impedisce?"

"Tu. Potresti cominciare a ribellarti a questo pazzo criminale!"

Hannane le sorrise. Sistemata la camicetta si voltò per guardarla dritta negli occhi.

"Non è così semplice come credi! Però, se eviti di mettermi nei guai, possiamo aiutarci a vicenda."

Sara le andò incontro con la mano tesa.

"Promesso."

La mano di Hannane si posò delicatamente sulla sua e Sara sentì un brivido attraversale il corpo. Una scarica di dopamina le offuscò il cervello. Fu come un battito d'ali veloce.

"Prima di portarti fuori devi mettere questo!" Da una tasca interna tirò fuori un velo cremisi, porgendoglielo.

"Non metterò mai quel coso in testa."

"Per piacere. Non possiamo permetterci d'attirare l'attenzione!"

Sara le strappò il velo dalle mani e l'indossò.

"Contenta?"

Attraversarono lo stretto corridoio. Oltrepassarono il bagno, arrivando davanti ad una porta di legno, dagli infissi piuttosto instabili. Hannane tirò fuori una chiave e l'aprì. Davanti a loro una ripida e stretta scala di mattoni portava al piano superiore. Sara faceva fatica a tenere il passo. Annaspava dietro la ragazza, che, con passo felino, saliva rapida. Arrivate in cima, si ritrovarono in un altro corridoio che svirgolava in due direzione. Hannane si diresse verso destra. "Siamo arrivate!" Spalancò l'ennesima porta che si apriva su di un ampio cortile di pietra bianca con al centro una fontana di marmo. Sara uscì, coprendosi gli occhi offesi dall'eccessiva luce. Si guardò intorno meravigliata, ma ciò che attirò maggiormente la sua attenzione fu la vista di alcune capre arrampicate su di un albero.

"Non posso crederci!"

Hannane guardò nella sua stessa direzione ed un sorriso le illuminò il volto.

"Non avevi mai visto delle capre mangiare?"

"Mai arrampicate sugl'alberi. Da noi le portiamo nelle campagne a pascolare."

Sara rise, catturata da quello spettacolo inverosimile.

"Che albero è?"

"Argania spinosa. I frutti sono i semi di argan e le capre ne vanno ghiotte. Però adesso andiamo, voglio mostrarti tante altre cose."

Sara alzò gli occhi. Il cielo era di un azzurro intenso, con soffici nuvole bianche sparse. Respirò a pieni polmoni lasciando che l'aria frizzante l'avvolgesse.

"Che giorno è?"

"Cosa?"

"Oggi, che giorno è?"

"Venti dicembre. Perché?"

Sara sospirò malinconicamente.

"Catania in questo periodo è un festival di colori. Le luminarie in via Etnea. Le bancarelle da *Fera 'o Luni*, stracolme di dolci natalizi. Gli zampognari che allietano con le loro musiche gli ultimi acquisti prima del Natale... ". Afferrò Hannane per le spalle con dolcezza. "Tornerò mai a casa mia?"

"Mi dispiace." La ragazza abbassò lo sguardo, impotente.

"Ho capito tutto! Non avete mai veramente pensato di rimandarmi a casa. Il fatto di esservi presentati a viso scoperto, mi doveva far riflettere sulla vera natura di questa prigionia...."

Hannane si fece seria.

"Non devi ritenerti una prigioniera. Guarda, sei fuori, nessuno ti ha messo delle catene alle caviglie, stiamo passeggiando come due amiche."

"Quali amiche?" Sara storse la bocca in un'espressione meravigliata per l'ardua definizione che Hannane aveva dato al loro rapporto.

"Vieni, voglio farti vedere una cosa." La prese per mano e la condusse oltre il cancello di legno che delimitava il cortile. Sara si guardò intorno, sperava di riconoscere il sentiero su cui si era fiondata, la notte della tentata fuga. Si toccò il fianco, ancora dolorante. Salirono verso una collinetta tra muschio umido e rivoli d'acqua, che si erano creati un varco tra i sassi, rendendoli scivolosi. Si ritrovarono su un'altura, ai piedi di un maestoso albero di salice, i cui rami pendenti fino al suolo avevano creato un naturale nascondiglio. Hannane aprì un varco tra le foglie invitandola a seguirla.

Sara rabbrividì.

"Ma fa freddo!"

"Però ne vale la pena. Questo è il mio rifugio. Vengo qui ogni volta che qualcosa mi fa stare male."

"Funziona? Voglio dire, dopo che stai un po' al fresco, ti senti meglio?"

La ragazza le sorrise comprensiva.

"Non m'importa se fa freddo, qui ritrovo me stessa e smetto di essere la sorella di Ammar o la figlia di Miriam."

Sara scorse nella voce di Hannane una nota di amarezza.

"Che fai?"

Hannane si avvicinò al grande tronco del salice, girandogli intorno, rispuntò con uno zainetto in mano. L'aprì e ne estrasse un vecchio tappeto sgualcito, un cuscino ed una coperta. Li stese sul terreno. Poi tornò a rovistare nello zaino. Un sorriso compiaciuto le illuminò il volto.

"Guarda cosa sto leggendo!"

Sara prese il libro che Hannane teneva gelosamente in mano.

"I Malavoglia?"

"Volevo conoscere meglio la tua isola, così avrei capito meglio te."

Sara scoppiò in una sonora risata.

"Non posso crederci! Pensi sul serio che la Sicilia sia ancora come la descrive Verga? Ma dai!"

Hannane le strappò via il libro risentita.

"Non dovresti prendermi in giro!"

"Hai ragione, sono una scema." E mentre lo diceva non riusciva a trattenersi dal ridere.

Hannane, spazientita, si lasciò cadere sul cuscino tenendo stretto il libro sul petto quasi fosse una reliquia sacra.

"Mi fa piacere vederti ridere, anche se m'infastidisce il fatto che ridi di me."

Sara le si sedette vicino.

"Ma non sto ridendo di te. In verità non so neanche perché continuo a ridere. Posso dedurre che sia un altro effetto collaterale della mia depressione."

Le stese la mano indicando che voleva il romanzo.

"Dove sei arrivata?" L'apri trovando delle pagine segnate da petali di rose appassite.

"Non ho letto molto, faccio fatica perché il mio italiano non è perfetto."

"Credimi, parli meglio tu la mia lingua di tante persone che conosco! Comunque, vuoi che t'aiuti per le cose che non capisci?"

"Faresti questo per me?"

Sara annuì. "Credo mi faccia bene impegnarmi in qualcosa, terrà lontano i pensieri più bui."

Hannane le poggiò delicatamente la mano sulle sue. "Grazie!"

"Un tempo i Malavoglia erano stati numerosi come i sassi della strada vecchia di Trezza; ce n'erano persino ad Ognina, e ad Aci Castello, tutti buona e brava gente di mare, proprio all'opposto di quel che sembrava dal nomignolo, come dev'essere...."

Sara iniziò a leggere attenta a scandire bene ogni parola. Ogni tanto si fermava ad osservare Hannane, che regolarmente le rispondeva con un dolce sorriso. Lesse un paio di pagine, godendosi quell'attimo di spensieratezza. Il frastuono di motore che entrava nella proprietà attirò l'attenzione di Hannane. Si alzò in fretta e spostando i rami uscì.

"Dobbiamo andare. Ho visto rientrare Ammar." Sembrava preoccupata. Si affrettò a rimettere tutto nello zaino, compreso l'amato libro. Sara l'osservava spazientita. Non aveva nessuna intenzione di farsi rinchiudere in quella stanzetta dopo aver respirato libera..

"Hannane, ti vuoi fermare! Parlerò con tuo fratello. Lo convincerò del fatto che non deve temere una mia fuga…." L'afferrò per un braccio, cercando d'interrompere il lavoro frenetico delle sue mani. "E poi, se non mi ricordo male, mi aveva assicurato che, non essendo prigioniera, bastava chiederti di uscire e sarei stata accontentata. Mi sbaglio?"

Hannane scosse la testa.

"Non ti sbagli. Ma ci sono delle cose che richiedono la sua approvazione, prima di essere fatte. Purtroppo, il condurti fuori rientra in questa categoria. Non mi creare problemi con lui, per favore!"

Sara sentì una stretta al cuore nel vedere quanta tristezza celavano i suoi occhi.

"Perché gli permetti di farti del male?"

"Inshallah Sara. Adesso andiamo."

Fecero la strada del ritorno correndo. Sara inciampò scivolando rovinosamente sul terreno umido. Rientrarono di corsa scendendo i gradini due a due. Arrivate nel seminterrato, Hannane richiuse la porta alle sue spalle.

"Penso di essere la prima sfigata che rischia di rompersi il collo per farsi rinchiudere!"

Si fissarono un attimo in silenzio.

"Vai a farti un bagno, i tuoi vestiti sono completamente infangati."

"Agli ordini comandante!"

Scattò sull'attenti imitando il saluto militare. Si spogliò velocemente, ammucchiando ogni cosa ai suoi piedi. Fu mentre si liberava degli indumenti intimi che, alzando gli occhi su Hannane, notò una strana luce. Il tutto durò pochissimi secondi, imbarazzanti e silenziosi, interrotti da Hannane che, abbassandosi, raccolse i vestiti e fuggì via.

10

Da quel giorno i ritmi della vita di Sara scorrevano su di un binario regolare. Alzarsi, lavarsi, fare colazione che, di solito, trovava pronta sulla scrivania, assieme ad un cambio di vestiti. L'uscita all'aria aperta era diventata un'abitudine consolidata. Passeggiavano un po' per poi sdraiarsi in quello che era diventato il loro rifugio. Ammar era stato messo al corrente di tutto, cosa che le aveva liberate del terrore di essere scoperte. Il nuovo ruolo d'insegnante, datole da Hannane, la gratificava rendendole più sopportabile la situazione in cui si trovava.

"Il giorno dopo tornarono tutti alla stazione di Aci Castello per veder passare il convoglio dei coscritti che andavano a Messina, e aspettarono più di un'ora, pigiati dalla folla, dietro lo stecconato. Finalmente giunse il treno, e si videro tutti quei ragazzi che annaspavano, col capo fuori dagli sportelli, come fanno i buoi quando sono condotti alla fiera. I canti, le risate e il baccano erano tali che sembrava la festa di Trecastagni, e nella ressa e nel frastuono ci si dimenticava perfino quello stringimento di cuore che si aveva prima. – Addio 'Ntoni! – Addio mamma! – Addio! ricordati! ricordati…".

Mentre leggeva la voce s'incrinò e le lacrime le offuscarono la vista.

"Che succede? Stai male?"

Sara richiuse il libro e si lasciò cadere supina sul tappeto.

"Niente, adesso mi passa!"

"Pensi ai tuoi genitori?"

Sara non si mosse. Ferma, immobile, solo il movimento del petto, mentre respirava, tradiva il fatto che fosse viva.

"Mi dispiace sapere che il tuo cuore è così pieno di tristezza!"

"Hannane, non cominciare con le tue belle frasi ad effetto... non è il momento. Lasciami perdere! Adesso mi passa."

La ragazza le si sdraiò accanto appoggiandosi con la testa sulla sua spalla.

"È strano, lo so, e sono sicura che non puoi capire... ma sono felice da quando sei arrivata a casa nostra...."

"Felice?"

"Non ho mai avuto una sorella e sono cresciuta in un mondo di uomini che hanno sempre deciso cosa fare della mia vita."

Sara si voltò per guardarla.

"Ma lo capisci che potendo andrei via, anche subito? Come puoi pensare a noi come due sorelle? Ti rendi conto o no che, comunque, sono vostra prigioniera?"

"Non m'importa se nel tuo cuore non c'è spazio per me. Tu sei un regalo che Allah mi ha voluto donare in risposta a tutte le mie preghiere."

"Quindi sono un dono del tuo Allah?"

La ragazza, poggiandosi la mano sul cuore, annuì sorridendo. Sara provò un sentimento misto tra la rabbia e una grande tenerezza per l'ingenuità e semplicità con cui la ragazza le descriveva le cose. Tirò su col naso e asciugò le lacrime col dorso della mano.

"Visto che sono il tuo dono, parlami un po' di te." Sara non era veramente interessata alla storia della ragazza, ma voleva ricambiarla in qualche modo.

"Ammar non è il mio unico fratello. Siamo in quattro ed io sono l'unica femmina."

"Però, io sono figlia unica!"

"Tu non sai che significa crescere in una casa di uomini. Da che ho memoria ricordo solo di averli serviti. Hannane prepara la colazione. Hannane sistema le stanze. Hannane fai il bucato. Ho pregato tante volte Allah affinché mi desse la forza di sopportare tutto."

Sara ascoltava incredula. Sapeva della situazione femminile nel mondo arabo, ma una cosa era leggere un articolo di giornale, tutt'altra avere davanti qualcuna che quelle cose le viveva davvero.

Hannane prese a giocare con i fili d'erba che spuntavano da uno strappo del tappeto. Lasciò vagare un po' lo sguardo.

"Mio fratello Hadi è sempre stato crudele. Mi disprezzava e non perdeva occasione per farmi del male." Rimase un po' in silenzio, come per raccogliere le idee. "Il momento peggiore di tutta la giornata era al calar del sole. Il crepuscolo scatenava i peggiori demoni. Appena l'ultimo raggio abbandonava il giorno, dovevo correre a preparargli il bagno, accertandomi che l'acqua non fosse troppo calda, che l'asciugamano fosse a portata di mano, che le pantofole fossero allineate nel verso giusto...."

"Ma è pazzo?"

"Forse, oppure era posseduto da qualche spirito malvagio che gli suggeriva tutte quelle stranezze. Tu non sai quanto mi ha fatto piangere. La mattina mi svegliavo all'alba, col terrore perenne di fare tardi." Guardò Sara fissa negli occhi. "Qualche volta mi capitò di non riuscire a scendere dal letto in tempo, per fargli trovare la colazione pronta, e fui punita a suon di calci."

"Ma è terribile!"

Hannane sorrise lievemente.

"Credo che la cosa più terribile che mi abbia fatto non siano i calci o gli schiaffi che mi ha dato... Ma i sogni che mi ha tolto...."

Sara ebbe un sussulto e trattenne il respiro. Non era sicura di voler ascoltare oltre.

"Avevo nove anni quando entrò per la prima volta nel mio letto. All'inizio non capii cosa volesse fare. Se ne stava rannicchiato lontano, lo sentivo respirare forte e agitarsi. Lo faceva quasi ogni notte. Lo stesso terribile rituale. Poi l'indomani, come se nulla fosse successo, riprendeva a trattarmi come l'ultima delle sue capre. Lo lasciavo fare. Non mi dava fastidio permettergli di dormire nella mia stanza. Ma una notte, in preda all'alcool, non gli bastò più starsene lì a guardarmi dormire." La ragazza giocherellò un po' con una coccinella che le si era posata sul vestito. "Ricordo l'odore intenso di sigarette e vino. Pregavo Allah di farlo smettere. Ho provato con tutte le mie forze a respingerlo...."

Sara si morse l'indice. Sentiva una stretta al cuore ad ogni parola della ragazza.

"Da quel momento, dormire, diventò un incubo."

"Perché non hai detto tutto a tua madre?"

"Perché non mi avrebbe creduta! Quanto pensi possa valere la parola di una femmina contro quella di un uomo che conosce i versetti del corano a memoria? Non vale niente. Non ha voluto vedere!" La ragazza giocherellò distrattamente con un pezzo di legno che aveva raccolto. "Poi, una sera qualunque, Ammar, che in quel periodo lavorava a Rabat, rientrò senza preavviso. Irruppe in casa, come una furia. Sapeva tutto! Ricordo il suo sguardo. Sembrava un lupo famelico. Aveva gli occhi rossi di rabbia e la bocca schiumosa. Mia madre era in cucina. Appena lo vide arrivare gli andò incontro per abbracciarlo, ma lui la scansò. «Madre, vai a chiamare Hadi» questo le disse con una voce che non sembrava più la sua. Ho avuto paura. Conosco Ammar e so quanto possa essere distruttiva la sua ira."

"Lo ha ucciso?"

"Certo che no!" Le sorrise.

"Quindi?"

"Mi ha ordinato di ritirarmi nella mia stanza e così ho fatto."

"Allora non sai cosa si sono detti?"

"Ho sentito le loro urla. Il pianto di mia madre e poi il silenzio. Il mattino seguente ciò che ho trovato mi ha impietrita. Era tutto sottosopra, come dopo il passaggio di un uragano. Da quel momento, ho avuto la certezza che qualunque cosa mi fosse capitata non sarebbe stata niente, paragonata all'orrore che avevo vissuto. Sarei stata libera. Libera d'addormentarmi, senza i demoni che mi perseguitavano ogni notte."

"Mi dispiace. Non sono brava con le parole e non so che dire, per consolarti!"

"Ho creduto d'impazzire! Di giorno, incrociando lo sguardo di mia madre, speravo mi chiedesse qualcosa. Cercasse una spiegazione per i lividi che portavo sul volto. Invece niente! Ero sola. È stato semplice creare un'altra Hannane. Qualcuna che vivesse al posto mio, tutto quell'orrore."

Sara sentì il nodo che aveva in gola soffocarla.

"Avevo tanta rabbia e confusione nel cuore, tanto da pensare fosse tutta colpa mia. Ma non è così, vero?"

"No! Nessuno ha il diritto d'infliggere tanta sofferenza. Nessuno!"

"Giusto. Ma solo dopo che Hadì è andato via ho capito di non meritarmi tutto quel dolore. Ero stata educata all'ubbidienza! Al rispetto dell'uomo come protettore dell'inferiorità femminile. Per questo ho accettato tutto in silenzio! Ma adesso c'è una cosa che non voglio fare."

"Cosa?"

"Sposarmi! Ammar vuole darmi in sposa, ad un vecchio cugino di un suo amico."

"E tu non lo vuoi!"

"Sarei la sua terza moglie!"

"Accidenti, si sta organizzando un harem?"

"Ma non è questo. Io voglio andare via da qui. Viaggiare, conoscere il mondo. Non voglio più servire un uomo in vita mia. Tu mi puoi capire?"

"Credo di si!"

In un impeto di gioia Hannane l'abbracciò così forte, che quasi le tolse il fiato.

"Adesso dobbiamo rientrare. Il sole sta tramontando."

"Un'ultima cosa."

Hannane si girò a guardarla.

"Sono stata rapita per sposare tuo fratello?"

"No!"

Sara tirò un sospiro di sollievo.

Rientrarono silenziosamente. In lontananza un tuono illuminava il cielo colorandolo di un tenue color rosso.

Distesa sul letto, sentiva le parole di Hannane rimbombarle nella testa. Aveva scelto di condividere con lei il peso che portava nel cuore. Sara era confusa. Non era mai stata in empatia con nessuna delle sue amiche, e per dirla tutta, nessuna delle persone che conosceva poteva ritenerla veramente amica. Era sempre stata molto egocentrica, in questo. Non amava sentire le lagne altrui. Ma con Hannane, era diverso. Sentirla raccontare quelle cose, l'aveva turbata oltremodo. Non faceva che pensare alla bimba violata che era stata. Sentì risalirle la bile. Si alzò, ma non fece in tempo.

"Ma che cazzo!" Non era riuscita a non sporcare il pavimento.

"Stai male?" Hannane, entrò pochi secondi dopo.

"Fammi capire una cosa, soggiorni dietro la mia porta?"

"Non proprio e poi, come dice Ammar, devo soddisfare ogni tua esigenza!"

Le sorrise, in quel modo dolce che le illuminava tutto il volto.

Sara avvertì un leggero aumento dei battiti del cuore ed un afflusso di sangue raggiungerle il viso rendendolo porpora. Si sconcertò, per la strana sensazione che avvertiva.

"Faccio io!" Sara le si avvicinò, con l'intenzione di farsi dare lo straccio che teneva in mano.

"No! Questo è compito mio."

Sara le bloccò la mano.

"Non occorre, ho due braccia e due gambe come te. Lo faccio io."

Hannane leggermente spiazzata era indecisa se accontentare quella strana richiesta.

"Ti prego Sara, hai capito che Ammar è intransigente sulle sue regole?"

"Non lo saprà, se non sarai tu a dirglielo. E tu non glielo dirai. Giusto?" Le sorrise facendole l'occhiolino. Poi passò subito all'azione.

"Grazie!"

"Di cosa?"

"Per avermi ascoltata. Sei la prima a cui lo racconto."

"Non ho fatto nulla!"

"Hai fatto più di quello che pensi."

"Va bene, se lo dici tu!" Sara provò a nascondere il crescente imbarazzo, andando a ripulire in bagno lo straccio. Quella di potersi muovere con maggiore libertà, era un piccolo vantaggio che le avevano concesso. Si guardò nel piccolo vetro che fungeva da specchio appeso sul lavandino. Constatò che il pallore era sparito dal suo viso, segno che le passeggiate all'aria aperta le stavano facendo recuperare vigore. Anche i capelli erano ritornarti morbidi e lucenti, come non lo erano da tanto tempo. Attorcigliò tra le dita una ciocca, sovrappensiero.

"Ho visto che lo fai sempre!"

"Accidenti, mi hai spaventata, pensavo fossi rimasta di là."

"Scusami, non era mia intenzione."

"Cos'è che faccio sempre?"

"Quel gesto con i capelli. Ho visto che lo fai, inconsciamente, quando t'immergi nei tuoi pensieri."

"Però! Non mi ero accorta di avere questo tic nervoso."

Hannane si era appoggiata con le spalle alla porta, ostruendo buona parte del piccolo passaggio.

Sara, riavvertì quell'acutizzarsi dei sensi che la turbavano.

"Volevi dirmi qualcos'altro?"

"In che senso?"

"Non so! Ho l'impressione che covi qualcosa d'importante, ma che non riesci ad esternarlo."

"Può darsi!"

"Bene, fallo allora! A quanto pare hanno annullato tutti i miei impegni."

La ragazza non capì il tono ironico delle sue parole.

"Impegni?"

"Lascia stare, stavo scherzando."

Le passò davanti, mettendosi su di un fianco, e per un breve istante i loro corpi si sfiorarono. Fu un attimo. Come sfiorare, a mani nude, un cavo elettrico lasciato pericolosamente scoperto.

"Vado a prepararti la cena...."

Hannane si diresse velocemente verso le scale che conducevano al piano di sopra, mentre Sara rientrava in stanza, spaventata da ciò che aveva provato.

11

"Sara, svegliati!"
La scosse leggermente.
"Che succede?"
"Oggi è un giorno speciale!"
La ragazza si tirò le coperte fin sopra il naso, manifestando il chiaro intento di non volersi alzare.
"Non fare capricci! Alzati, altrimenti la colazione si fredda."
"Ti prego, lasciami dormire. Ma che ore sono?"
"Quasi l'alba!"
"Ma sei impazzita? Cos'è tutta questa urgenza!"
Hannane le spostò le coperte ridendo. Gli occhi le brillavano. Sembrava una bimba che sapeva di aver fatto una marachella.
"Ho una sorpresa per te. Seguimi."
"Dove andiamo?"
"Di sopra, in cucina."
Sara si alzò di cattivo umore, ma lasciò che la prendesse per mano e la guidasse su per le scale. La cucina era in penombra. La poca luce era data da un vecchio lume, acceso in un angolo della stanza. Le ci volle qualche minuto per abituare gli occhi. Al centro del tavolo, in un vaso di terracotta, era stato sistemato un piccolo alberello, le cui foglie erano state sostituite da petali di carta di vari colori, illuminato da una catenella di piccole lampadine rosse. Sara si avvicinò alla tavola imbandita. Ciotole di yogurt, riso bianco, verdure di ogni genere, datteri, arance e pagnotte fumanti.
"Non capisco!"
"Oggi è il venticinque dicembre…."
Era già Natale! Sara fece un grande sforzo per ricacciare indietro le lacrime che si presentarono prepotentemente.

"Non dovevi!"

"Perché no? Siamo amiche. L'altro giorno ho avvertito della malinconia nel raccontarmi della tua città in questo periodo dell'anno.

Il ricordo dell'ultimo Natale, trascorso con Paolo e la sua famiglia, le strinse il cuore in una morsa violenta. Sentiva talmente male che dovette sedersi per riprendere fiato. Rivide il volto sorridente di suo padre mentre chiacchierava allegramente. Le luci dell'albero, addobbato con tutti quegli oggettini da lei acquistati già dai mesi precedenti. Riuscì a rievocare, persino, gli odori di quella giornata. Anche allora era triste. Il peso che aveva sul cuore non le aveva fatto apprezzare abbastanza quei momenti.

"Non ti piace?"

Hannane la guardava sconsolata. Sara provò a sorriderle.

"Grazie, è tutto meraviglioso!"

"Conosco la tua tristezza e vorrei poterti aiutare! Ma ci sono delle cose che adesso non puoi capire. Delle cose, che ti sembrano assurde… Però, magari un giorno, ripensando a tutto questo, proverai la stessa malinconia per me!"

Sara lasciò cadere il discorso. Era consapevole che, se le avesse riposto, non avrebbe avuto la capacità di controllare tutto l'odio che provava, per averla rapita e costretta lontana dai suoi affetti. Invece sorrise.

"Beh, allora mangiamo prima che si freddi tutto!"

Si sedettero l'una di fronte all'altra in un silenzioso imbarazzo. Non aveva fame, così cominciò a giocherellare con delle molliche cadute sul tavolo. Hannane, sorseggiava lentamente del tè controllandola da dietro il vapore che si sprigionava dalla tazza.

"Cos'è questo?"

Sara sollevò una ciotolina di terracotta.

"Burro bianco di capra."

Sara ne prese una piccola porzione con la forchetta.

"Assaggialo sul pane caldo. Questo lo produciamo noi dal latte del nostro gregge."

"Quindi siete dei pastori? Cioè, voglio dire, quando non rapite le persone fate questo per sopravvivere?"

La ragazza la fissò perplessa.

"Non siamo una famiglia di criminali!"

"Vorrei evitare di farmi salire la bile, per piacere, parliamo d'altro!"

"Certo, hai ragione."

Il sole si stava alzando dietro le montagne ed i primi raggi illuminarono la stanza. Sara si avvicinò alla finestra che dava sul cortile.

"Posso chiederti una cosa?"

"Dimmi!"

"La notte che ho tentato la fuga ho corso lungo un sentiero in terra battuta. Ricordo che c'erano rovi e sterpaglie ovunque. La discesa era ripida e mi ha condotto in un'altura da cui sentivo lo sciabordio del mare. Anzi, per un attimo il vento ne ha spinto l'odore fino a me. Dove si trova questo posto?"

Hannane sorrise.

"Da qui è impossibile sentire il rumore del mare! Quello che hai sentito è il lago, le cui acque, quando vengono accarezzate dal vento, sembrano cantare le melodie del mare."

"Mi ci porti?"

"Adesso?"

"Perché no! Sarebbe un perfetto regalo di Natale."

Hannane tentennò qualche momento, come se quella richiesta avesse scombussolato i programmi preparati per la giornata.

"Aspetta, vado a prendere una cosa e poi andiamo."

Salì velocemente le scale che conducevano molto probabilmente ad un'altra zona della casa. Sara, rimasta sola, maturò l'idea che quella, forse, sarebbe stata l'ultima occasione per provare nuovamente a scappare. Poggiò la mano sulla maniglia, trovando la porta priva di chiusura. L'aprì di qualche centimetro, ma i passi veloci di Hannane che ritornava, la dissuasero.

"Sei pronta?"

Sara si girò, indossando il sorriso più innocente che conosceva.

"Andiamo! Sono curiosa di vedere questo lago che canta le melodie del mare."

Si arrampicarono fino ad una stradella che li condusse sul retro della casa, dalla parte opposta al tragitto che erano solite fare per passeggiare. La ragazza guardò i lunghi rami di alberi spogli, che ne ostruivano per buona parte il passaggio, e rabbrividì al ricordo che quella stessa strada l'aveva percorsa di notte al buio. Camminarono per una buona mezz'ora, facendosi largo tra la vegetazione.

"Che spettacolo!"

Sara si avvicinò con cautela allo strapiombo da cui era caduta e che per poco non la faceva passare a miglior vita. Un brivido le percorse la schiena.

"Attenta, non ti è bastato il volo che hai già fatto?"

Hannane l'afferrò per un braccio attirandola a sé.

"Non ti preoccupare, non ho nessuna intenzione di ripetere l'esperienza."

Si liberò dolcemente dalla stretta allontanandosi.

"Possiamo scendere?"

"Vieni, c'è un percorso che porta direttamente sulle rive, ma dobbiamo stare attente perché non è proprio agevole da seguire."

Sara constatò, sulla sua pelle, che le parole poco agevole erano un eufemismo della difficoltà di quel sentiero naturale creato tra arbusti, muschio e pietre scivolose. Più di una volta ebbe la tentazione di tornarsene indietro, ma di fronte alla capacità, quasi caprina, dell'altra, presa da un orgoglio forse un po' troppo fuori luogo, continuò a passo spedito. Ma proprio quando pensava che il peggio fosse passato mise il piede su di un dislivello che la fece scivolare in avanti e solo la presenza di Hannane le impedì di finire a faccia in giù.

"Per poco non mi rompevo l'osso del collo. La vita equestre non fa per me!"

Hannane le tese la mano sorridendole.

"Non ti demoralizzare. Questo è un sentiero poco battuto perché siamo in pochi a conoscerlo, forse, solo i membri della mia famiglia."

"Quindi vuoi dire che non sono proprio una schiappa?"

"Non capisco!"

"Hai ragione, parli così bene l'italiano che dimentico la difficoltà che protesti avere con certi termini. A proposito, com'è che tu ed Ammar parlate l'italiano?"

"Ammar ha lavorato per anni presso l'ambasciata italiana in Marocco ed è grazie a lui che ho potuto frequentare la vostra scuola."

"Però, un rapitore che lavora all'ambasciata?"

Hannane alzò gli occhi al cielo, mettendosi la mano sul cuore.

"Ti prometto che ogni domanda, che in questo momento assilla la tua mente, troverà presto una risposta."

"Ma questo me lo stai ripetendo da un po'. Invece, perché non mi dici qualcosa che ancora non mi hai detto!"

"Non so, cosa potrei dirti?" Si sedette a gambe incrociate sull'erba umida di brina.

"Quello che vuoi, l'importante è che non mi ripeta la stessa storiella!"

"Allora ti confido un altro segreto…."

"Hannane, aspetta ancora non riesco a dormire per quello che mi hai confidato l'altro giorno… non so se riesco…."

"No, niente del genere!"

Sara le si sedette accanto e poi si lasciò cadere sulla schiena per godere di quel cielo azzurro infinito.

"La notte che ti hanno portata a casa, pioveva a dirotto. Ero rimasta tutto il giorno ad aspettare che arrivasse l'ospite, di cui mi sarei dovuta occupare."

"L'ospite?"

Hannane la guardò di traverso, facendo finta di non cogliere il tono scocciato dell'altra.

"Si, insomma hai capito… Quando sei entrata non ti reggevi in piedi. Mi sono spaventata nel vederti in quello stato. Piangevi, ti dimenavi e poi dicevi delle frasi incomprensibili."

"Dio mio! Ma non ricordo nulla di questo!"

"Credo, ti avessero fatto prendere qualcosa durante il viaggio per tenerti buona. Ma qualcosa è andato storto..."

"Quindi?"

"Sono stata io a prendermi cura di te in tutti quei giorni. Mentre eri in preda ai tuoi spiriti maligni ti ho lavata, cambiata e…."

"E cosa Hannane?"

"Non ti ho lasciata mai da sola, neanche di notte. Dormivo sul tappeto vicino alla scrivania. Tante volte ti ho sentita piangere, invocare il nome di uomo…."

"Paolo?"

"Si, giusto! Dicevi di non farcela, che ormai la tua anima si era spenta, che mai più avresti potuto amare."

Sara provò la triste sensazione di essersi fatta denudare l'anima, mostrando le proprie paure e angosce proprio mentre era più indifesa.

"Mi stai dicendo che sei rimasta ad ascoltare lo sfogo incosciente di una persona, imbottita di chissà quali droghe?"

Hannane si portò la mano sul cuore, gesto che la ragazza le aveva visto fare parecchie volte.

"No! Dovevo stare lì per vegliare il tuo sonno ed evitare che potessi farti del male. Restandoti accanto, non ho potuto evitare che il mio cuore raccogliesse tutto quel dolore."

"Cos'altro ho tirato fuori? Non ricordo nulla di quei giorni, oltre l'orribile sapore che avevo in bocca appena mi sono risvegliata."

"Ho fatto sparire io i tranquillanti per darti la possibilità di riprenderti... anche se questo mi è costato!"
"Ammar ti ha picchiata?"
"Diciamo che Allah ha protetto entrambe."
Sara sentì riaffacciarsi quello strano sentimento misto tra riconoscenza ed egoismo. Non le aveva chiesto nulla. Non era una sua responsabilità se le avevano fatto del male.
"Quindi hai deciso di disubbidire al volere di tuo fratello per aiutare una perfetta sconosciuta?"
Hannane si mise sulle ginocchia, trovandosi a pochi passi da lei.
"Ma io ho visto quanto hai sofferto! Le nostre anime sono state ferite e dobbiamo trovare la strada per guarire!"
"Di quali ferite parli?"
Hannane le si avvicinò per prenderle le mani.
"Del tuo bambino...."
Sara sentì le forze venirle meno, come se avesse ricevuto un pugno nel centro dello stomaco. Il volto le divenne esangue e le mani si congelarono, mentre il cuore accelerava la corsa in un petto che quelle parole avevano squarciato.
"Zitta! Non sai di cosa stai parlando...!"
La spinse da parte per mettersi in piedi. Gli occhi le si riempirono di lacrime e, prima di riuscire a controllarle, le scivolarono veloci sulle guance.
"Perdonami, non volevo farti rattristare!"
Sara sentì la voce angosciata dell'altra, ma non si voltò. Aveva il cuore devastato e per un attimo la odiò con tutte le sue forze. Come aveva potuto rigettarla in fondo a quel burrone da cui, ogni giorno, cercava d'uscire. Era come restarsene sul fondo e non vedere da nessuna parte la via per salvarsi. Una morsa sul cuore, che ad ogni sobbalzo stringeva sempre più forte, fino a farlo sanguinare. Guardò il lago e le sue acque di un azzurro cupo così diverse dal mare. Il mare della sua Catania che riusciva a domare gl'inferi che aveva dentro.

"Avrebbe compiuto un anno il settembre scorso."

"Chi?"

"Il bambino che non è mai nato."

Sara scoppiò in un pianto disperato. Hannane ebbe un attimo d'esitazione. Non voleva violare il suo dolore, ma sentiva il bisogno di farle capire che non era sola. L'abbracciò con cautela, temendo d'essere respinta. La ragazza lasciò che il calore di quel gesto le scaldasse il gelo che aveva dentro.

"Non devi parlarmene se ti fa stare così male!"

La ragazza scosse la testa.

"Forse dovrei farlo. Chissà, magari hai ragione ed è questo l'unico modo per guarire le ferite che abbiamo dentro."

Si sedettero a riva, inspirando lentamente la brezza sollevata dal vento.

"Quando ho scoperto la gravidanza ero felice, non vedevo l'ora di rientrare a casa per dare la notizia a Paolo. Stavamo insieme dai tempi del liceo e da due anni avevamo preso un appartamentino insieme. Ero convinta che l'arrivo di un figlio avrebbe solidificato definitivamente il nostro rapporto." Afferrò un sassolino che cominciò a rigirare tra le mani.

Hannane stava in silenzio, rispettando i tempi che l'altra voleva prendersi, per riuscire a tirare fuori il mostro che le si era annidato dentro. Sara aveva lo sguardo perso nel vuoto.

"Non sono mai stata brava a cucinare, ma quella sera m'inventai una cenetta a lume di candela. Volevo fare come nei film. Creare l'atmosfera, la musica giusta e poi dirglielo. A quel punto il copione, che mi ero scritta, prevedeva la scena madre: lui che si alzava e, in un impeto di amore folle, stretta tra le braccia, avrebbe pianto con me, dalla gioia." Lanciò il sasso nell'acqua, che prima di sprofondare, creò dei piccoli cerchi. "Invece, sai quale fu la sua reazione? Rimase scioccato. Gli occhi spalancati, come chi riceve una coltellata. Non potevo credere alla scena che stavo vivendo. Dopo un primo momento d'immobilità assoluta, cominciò a urlarmi contro. Ripeteva che ero una stupida, che stavo cercando di rovinarlo, che non l'amavo... Non ricordo neanche tutte le accuse che mi ha lanciato addosso. Ero paralizzata e stordita dalla reazione violenta. Cominciai a piangere in silenzio, seduta davanti a quella tavola, ormai diventata la celebrazione di una sciagura."

Un venticello leggero si era alzato, scompigliandole i capelli, che le ricadevano a ciocche scomposte sul viso. Ne prese una tra le dita per attorcigliarla. Hannane le sorrise dolcemente.

"Hai ragione, adesso me ne sono resa conto. Credo sia il subconscio che m'induce a stressare i capelli per trovare un attimo di tregua."

Risero entrambe alleggerendo la tensione che c'era nell'aria.

"Ho ucciso il mio bambino!"

Sara guardò l'altra negli occhi per scoprire l'effetto di quelle parole.

"Mi convinse che non era il momento. Doveva finire gli studi. Il padre non l'avrebbe mai aiutato se avesse avuto un figlio da crescere. L'avrebbe obbligato a prendersi le sue responsabilità genitoriali e lui non ne aveva nessuna intenzione."

Due grosse lacrime le scesero veloci sul viso che asciugò con un rapido gesto della mano. Non aveva diritto di piangere.

"Ogni notte mi rivedo in sala operatoria, mentre mi preparano per l'intervento, ed ogni volta sento che li devo fermare, ma le parole mi rimangono in gola perché non riesco a pronunciarle. Sono morta anch'io! Non potrò mai perdonarmi per essere stata così debole."

"Sara, le tue parole mi danno tanta tristezza. Non posso immaginare l'immenso vuoto che hai dentro!" .

"Non volevo perderlo e li ho persi entrambi." Sara sussurrò le ultime parole come se stesse parlando a se stessa. Il sole, ormai alto nel cielo, non riusciva a scaldarla. Tremava vistosamente. Brividi di freddo le scuotevano violentemente il corpo. Cominciò a battere i denti. L'enorme emozione provata nel rievocare quegli eventi l'avevano tramortita al punto da sentirsi male.

"Vorrei rientrare, non credo di sentirmi molto bene!"

Hannane, palesemente turbata, annuì.

Fecero la strada del ritorno in un sinistro silenzio. Ognuna immersa nei propri pensieri. Ognuna a trasportare il peso dei propri demoni. Nell'aria c'era odore di pioggia. Hannane si fermò per ascoltare qualcosa, che sfuggiva all'orecchio dell'altra.

"Che succede?"

"Facciamo presto, perché sta arrivando un brutto temporale."

Sara tese l'orecchio, ma non sentì nulla oltre il rumore dei propri denti che battevano.

"Sei in grado di proseguire?"

"Non so! Sento dolore in tutto il corpo. Credo di avere la febbre."

Sara si tastò il polso che trovò troppo accelerato, segno che la temperatura corporea stava aumentando.

"Vieni, appoggiati a me." Così dicendo le afferrò il braccio per passarselo attorno alle spalle.

"Grazie!"

Risalirono, cautamente, lo stretto passaggio che le aveva condotte fino al lago. Hannane, nonostante fossero alte uguali, le dava un piacevole senso di stabilità e protezione. L'odore di cannella di cui erano impregnati i suoi vestiti, riportò Sara in luoghi sicuri della sua mente. Rivide la nonna Angelina, una donna paffuta con le guance sempre arrossate. Lei non era veramente sua nonna, ma la donna a cui la madre l'affidava ogni qualvolta doveva assentarsi per qualche congresso medico. Sara amava starsene con lei. L'accudiva come fosse una vera nipote. *"Tu si 'na picciriddha spetta, non t'ha ffari nfinucchiari di nuddhu! U capisti a nonna?"* Queste erano le raccomandazioni che le soleva dare. Lei, che nella vita aveva sempre dovuto combattere per ottenere ciò che per gli altri era di diritto, voleva che la piccola crescesse con uno spirito combattivo, senza aspettarsi degli sconti solo perché donna. *"Na fimmina ca si rispetta ha sapiri quannu sa stari muta. Ma non sa fari diri di starisi muta di nuddhu, specialmente ddi masculu…."* Sara l'ascoltava rapita. Le raccontava le sue prodezze da ragazza in una Sicilia chiusa e maschilista. Di come si faceva rispettare anche dai ragazzi del quartiere, senza per questo perdere la grazia che Dio le aveva donato, essere una femmina. *"U Signuri nun ti fici ppi fari a serva d'mparu di causi. Ma ti fici ppi esseri a su cumpagna, e quannu sbagghjunu tu hai l'obbligu di fariccillu capiri. Picchì i masculi, su accussì si jettunu cu ttuttu u sceccu… ma nuatri… intellettu supraffinu!"*

Chissà che delusione sarebbe stata per nonna Angelina! Lei, che non avendo avuto figli, aveva riversato tutto l'amore materno su Sara.

"Nonna… scusami!"

Hannane si fermò per tastarle la fronte. Ritirò subito la mano preoccupatissima.

"Ma tu scotti!"

Sara la guardò sorridendo e, prima di chiudere gli occhi, le diede un debole bacio sulla guancia.

12

"Non è giusto che mi addossi la colpa di tutto!"

"Ma davvero, è questo che faccio?"

"Per l'amor del cielo, Sara, piantala con questo atteggia-mento da vittima delle circostanze!"

"E quali sarebbero le circostanze? La mia gravidanza, il bambino o tu che hai deciso anche per me?"

"Non ho deciso niente! Potevi opporti e non l'hai fatto. Comunque, ormai è tardi. Non pensarci più e non rovi-niamoci l'esistenza per questo piccolo incidente...."

"Cazzo dici, deficiente!"

"Aspetta, non volevo dire questo... però lo sai come sono messo all'ospedale... non posso avere altri pensieri... mio padre...."

"Tuo padre, tua madre, tutti i tuoi fottutissimi parenti non contano nulla per me. Adesso conta solo questo...."

Si portò le mani sul grembo.

"Ma sei impazzita? Di cosa stiamo parlando! Sei maggio-renne, abbiamo o no deciso che non era il momento di mettere al mondo un figlio? Cosa potevamo offrirgli?"

"Noi stessi. Due genitori che dovevano essere pronti ad amarlo, coccolarlo, crescerlo...."

"Certo, nei tuoi film mentali. Sveglia ragazza! La vita là fuori è terrificante. Non puoi permetterti di mettere al mondo un figlio e poi lasciare che altri lo crescano al po-sto tuo. No! Un figlio è un impegno per sempre."

"Come potrò guardarti ancora in faccia senza pensare a lui? Dimmelo! Come riuscirò a sopravvivere a quest'im-menso senso di vuoto che mi ha lasciato?"

"Non lo so. Dovevi pensarci prima."

Riaprì gli occhi madida di sudore. Sulla fronte qualcuno le aveva adagiato un panno umido. Lo spostò. Non riconobbe l'ambiente in cui si trovava. Una piccola lampada, posta sul comodino di fianco al letto su cui era sdraiata, diffondeva una luce morbida e calda. Tutto l'ambiente era arredato con elementi essenziali che trasmettevano un senso di quiete. Le pareti erano tinte di un caldo color rosso mattone, che ricordavano molto i tramonti dei pomeriggi estivi. Di fronte al letto, un quadro raffigurante uno scorcio di vita cittadina. Un vecchio dal naso aquilino ed un turbante bianco in testa se ne stava seduto ad un tavolino, probabilmente di un bar, mentre si reggeva ad un bastone di legno. Si alzò dal letto per guardarlo da vicino. Non ne capiva niente di arte, ma quel quadro l'aveva incuriosita.

"Bene, sei sveglia!"

Hannane entrò, reggendo un vassoio con una teiera fumante e due tazze.

"Dove mi trovo?"

"Nella mia stanza."

Sara si avvicinò alla ragazza per aiutarla.

"Bello!"

"Cosa?"

"Il dipinto. Anche se il soggetto mette un po' di malinconia."

Hannane si girò verso il quadro.

"È mio."

"Visto che si trova nella tua stanza, presumo che sia tuo!"

"No, non hai capito" Hannane sorrise mentre staccava il dipinto dal muro. "È un mio disegno. L'ho fatto io!"

"Ma sul serio?" Sara era sbalordita. Neanche per un attimo aveva immaginato potesse avere quel talento.

"Ti piace?"

Lo appoggiò con cura sul letto e avvicinò la lampada.

"Moltissimo. Sei brava, non ti facevo un'artista!"

"Ah no, e perché?"

Hannane la fissò dritta negl'occhi per qualche istante.

"Lasciamo perdere! Chi è quest'uomo?"

A Sara sembrò di scorgere delle lacrime negli occhi della ragazza. Fu un attimo, un'ombra che le aveva attraversato lo sguardo.

"Mio padre! Anche se sarebbe più giusto dire il ricordo che ho di lui."

Risistemò il quadro sulla parete. Rimase di spalle qualche minuto persa in chissà quali pensieri. Si voltò sorridendo, e in un tratto era ritornata la ragazza di tutti i giorni. Quel momento di smarrimento, che Sara aveva captato, era sparito senza lasciare traccia.

"Ti manca?"

"Mio padre?"

Sara annuì.

"Sai, non ho ricordi che mi legano a lui. Ero piccola e lui molto anziano. Non saprei neanche dirti che tipo di uomo fosse. Se mi amava o se per lui rappresentavo solo un problema, essendo donna."

"Non hai mai chiesto informazioni alla tua famiglia?"

"Forse da bambina avrò fatto qualche domanda, non saprei dirti. Però ricordo chiaramente che, per tanto tempo, fui convinta che Ammar fosse mio padre. Viste le cinghiate che mi dava per educarmi alle leggi sacre del corano."

Sara non capì se il tono della ragazza fosse ironico o semplicemente nostalgico.

"Comunque, non rattristiamoci con queste cose!"

Versò il liquido nelle tazze e gliene passò una. "Te la senti di venire a cenare di sotto?" Le pose delicatamente una mano sulla fronte. "Credo tu sia sfebbrata!" Le fece l'occhiolino in segno d'intesa. Sara sorseggiò cautamente il tè, preoccupandosi di non scottarsi. Aspettò che finisse per riposare le tazze sul vassoio.

"Allora, che fai, vieni?"

Sara stava immobile con le mani sulla spalliera della sedia. L'aveva afferrata con tanta forza da farle diventare le nocche bianche.

"Non ti capisco!"

Hannane rientrò chiudendo la porta.

"Cos'è che non capisci?"

"Ma ti rendi conto che, se in questo momento qualcuno potesse vederci, sembreremmo due vecchie amiche che stanno trascorrendo le vacanze di Natale insieme?"

Hannane si fece pensierosa.

"Ed è una cosa terribile, questa?"

"Non siamo amiche e non siamo in vacanza. Che cavolo, Hannane, ti comporti come se tutto questo fosse solo uno scherzo."

Sara cominciò ad alzare la voce. Non era certa del senso delle cose che le stava dicendo. Ma era come se una forza sconosciuta la spingesse in quella direzione e lei non potesse fermarsi.

"Pensavo lo fossimo!"

"Cosa, amiche?"

Hannane si lasciò cadere sul letto, come se le forze le fossero venute meno. Sara osservò l'effetto delle sue parole sul volto della ragazza. Un volto semplice, pulito, grazioso e per certi versi ingenuo. Si pentì subito delle sciocchezze che le erano uscite dalla bocca. Ma c'era qualcosa che le impediva di dimostrarle ciò che sentiva veramente. Non era un sentimento chiaro, ma sapeva, in qualche modo, che le loro vite si somigliavano e forse proprio per questo, nel vedere nell'altra le proprie paure, le proprie angosce, temeva di abbassare la guardia.

"Vorrei poterti aiutare a liberarti dalla rabbia che ti tiene prigioniera. Tu guardi le cose nel loro insieme, senza soffermarti sui piccoli particolari che esse ti offrono."

Sara rise sguaiatamente. Un suono orribile che offese le sue stesse orecchie.

"Quindi, fammi capire! Nell'insieme delle cose, sono vostra prigioniera in una zona sperduta del Marocco. Ma se mi soffermo sui piccoli particolari, sto festeggiando il giorno di Natale con una cara amica, in una bella casetta nel bosco vicino ad un grazioso lago ai piedi di uno strapiombo."

"Basta! Non credo che fare del sarcasmo ti faccia stare meglio, mentre credimi le tue parole sono come piccoli spilli nel mio cuore."

Hannane nascose il volto tra le mani. Sara non ne era sicura, ma le sembrò che stesse piangendo. Non l'aveva mai vista piangere, neanche quando l'aveva ferita o quando il fratello l'aveva picchiata. Aveva sempre mantenuto un comportamento dignitoso, severo, adulto. Ma adesso! Le si sedette accanto, senza avere il coraggio di sfiorarla. Sentì una stretta al cuore. Si sentiva in colpa. Per una volta nella vita, veder soffrire qualcuno per le sue sfuriate, la faceva star male. In passato le bastava ripetersi "Peggio per loro se ci restano male", per mettere a tacere la propria coscienza. Ma la vista di Hannane ferita, raggomitolata su se stessa, la disorientava.

Le separò delicatamente le mani che teneva premute sul volto e asciugò col dito una grossa lacrima che si era fermata tra le lunghe ciglia nere.

"Serve se ti dico che mi dispiace, tantissimo, per le cazzate di prima?"

Hannane teneva lo sguardo fisso sul pavimento. Non le piaceva piangere, soprattutto in presenza d'altre persone. L'averlo fatto di fronte a Sara l'aveva messa in una posizione svantaggiosa. Si sentiva fragile e indifesa, come se l'altra avesse la chiave per leggerle dentro.

"Non occorre che ti dispiaccia per me!" La voce, resa incerta dalle lacrime soffocate in gola, sembrava il sussurro di un bimbo dopo essere stato rimproverato.

"Come vedi, so essere una persona orribile! Non devi essere mia amica a tutti i costi."

Sara le sfiorò il volto con la mano. Si stupì di quanto morbida fosse la sua pelle. Le sembrò d'accarezzare il velluto.
"Non sei orribile! Non per me!"
Sorrise senza alzare lo sguardo.
"Mi guardi per favore!".
Hannane sollevò lo sguardo incrociando quello di Sara che, alla vista dell'effetto che il pianto aveva sortito sul suo viso, non riuscì a trattenere le risate. Il *kajal* le stava colando sul viso, facendola assomigliare inesorabilmente ad un piccolo di panda.
"Ti faccio ridere?"
"Non tu, ma il piccolo panda che vive in te."
Le diede la mano e l'invito a seguirla davanti allo specchio.
"Guarda."
"Sono terribile!"
"Per niente, hai un che d'affascinante!"
"Sul serio?"
Si girò e i loro volti si trovarono vicinissimi. Sembravano due leonesse che stavano studiando l'una la mossa dell'altra. Lo sguardo penetrante di Hannane le procurò uno strano turbamento. Un brivido che le scese veloce sulla schiena. Sentì nascere dentro l'imbarazzo, ma anche l'incapacità d'indietreggiare, per mettere una distanza di sicurezza tra loro. Mille pensieri le corsero veloci in testa, ma, quando ne stava per afferrare uno, immediatamente un altro, più prepotente, si presentava. Non voleva dar voce a quello che le stava passando per la testa, ma l'inquietudine raggiunse il livello massimo quando Hannane, improvvisamente, togliendo quel piccolo spazio tra i loro visi, con una naturalezza delicata, le diede un bacio. Fu un attimo, poggiò le labbra sulla sua guancia destra, in prossimità del labbro inferiore. Sara si sentì paralizzata. Non riusciva a muovere un muscolo. Solo l'ondata di calore che le investì il volto le ricordò d'essere viva e che

il sangue defluiva nelle vene a prescindere dal proprio volere.

"Amiche?"

Sara provò a nascondere l'imbarazzo e facendo appello alla voce più naturale del mondo provò a scherzare.

"Amiche!"

Hannane si spostò di lato per avvicinarsi al letto, si abbassò e da sotto il cuscino tirò fuori un piccolo incarto.

"Questo è per te."

Le porse un pacchettino confezionato in modo artigianale.

"Volevo dartelo giù al lago, ma sei stata male e non ho fatto in tempo. Aprilo!"

Sara aprì lentamente la scatolina che era stava avvolta con cura in un foglio di giornale. All'interno una piccola pietra verde smussata nei lati era legata ad un cordoncino di cuoio marrone. La ragazza l'estrasse e se la poggiò sul palmo della mano.

"Grazie!"

"L'ho raccolta sulla riva del fiume, perché il colore mi ricorda i tuoi occhi."

"Non so che dirti. Riesci sempre a farmi sentire una merda! Solo un attimo fa ti ho fatto piangere e tu invece di odiarmi mi fai addirittura un regalo!"

"Ho smesso di odiare tantissimo tempo fa! Adesso non ne ho più né la forza né la voglia."

Le prese la collanina dalle mani.

"Posso?"

"Certo."

Sentì il tocco caldo delle sue mani sul collo ed ebbe la sensazione che stessero tremando.

"Vediamo?"

Sara si spostò per vedere l'effetto della pietra sulla sua pelle nuda.

"Direi che mi dona. Che ne pensi?"

Hannane non rispose. Rapita in chissà quale angolo remoto dei suoi pensieri.

"Bè, non mi dici nulla?"

"Penso che dovresti scendere con me per la cena e magari mentre preparo farti una bel bagno caldo!"

La ragazza alzò il braccio per annusarsi una delle ascelle.

"Ti prego, non dirmi che puzzo."

"Certo che no! Ma sei stata male e immergerti nell'acqua calda e profumata non può che aiutarti."

"Se la metti così, seguirò il tuo consiglio!"

Uscirono entrambe dalla stanza, che si trovava al piano superiore, ma Sara si fermò in cima alle scale.

"Non scendi?"

"Ma tuo fratello, tua madre che fine hanno fatto? Non voglio farmi trovare in giro per casa loro come fossi un'ospite!"

"Ma tu sei nostra ospite."

Sara la guardò con aria ammonitrice.

"Non preoccuparti siamo sole, faranno ritorno nel pomeriggio di domani. Sono andati in città per risolvere alcuni problemi!"

"Vediamo se indovino. Uno di questi si chiama Sara Darusso?"

La ragazza continuò a scendere i gradini ma qualcosa nei suoi movimenti le lasciò intendere di avere ragione. Da basso, nel piccolo bagno, Hannane le aveva preparato tutto l'occorrente per farla rilassare. L'acqua non era caldissima ma entrandovi ebbe la sensazione di un dolce abbraccio. Si sentiva confusa, in balia dei sentimenti più disparati. Era in una situazione surreale. Prigioniera ma allo stesso tempo servita e riverita come fosse un ospite prezioso. Nessuno le aveva mai fatto del male. Ammar l'aveva intimidita qualche volta, ma non l'aveva mai sfiorata con un dito. E poi c'era Hannane, quella piccola donna misteriosa. Si soffermò su questo pensiero. Ispezionò mentalmente il volto della ragazza. Due grandi occhi neri incorniciati sapientemente dal tocco del *kajal* e impreziositi dalle ciglia folte e lunghe. Le labbra carnose a formare un piccolo cuore su di un viso delicato. Il pensiero del volto di Hannane la turbò profondamente. Sentì un calore espandersi nel basso ventre. S'immerse completamente nell'acqua, per scacciare via sentimenti confusi che sentiva nascere lentamente.

Consumarono la cena in silenzio. Nessuna delle due aveva molta voglia di conversare. Sara bevve del tè e mangiò un po' di riso senza nessuna convinzione. Sentiva l'urgenza d'allontanarsi, di ritirarsi il più lontana possibile da Hannane per cercare di rimettere ordine nei suoi pensieri. Spostò delicatamente la sedia e fece per alzarsi.
"Hai già finito? Ma non hai mangiato quasi nulla!"
"Scusami, ma vorrei andare a dormire, sono molto stanca."
"Ma hai dormito tutto il giorno!"
Sara le sorrise. "È sempre stato così con me. Il mio corpo subisce una strana equazione: più dormo e più ne sento il bisogno…."
Provò ad essere spiritosa, ma le parole le vennero fuori come una cantilena noiosa. Scese le scale che portavano nel seminterrato, percorse il corridoio stretto e si ritrovò in quella che, da più di un mese, considerava la sua stanza. Richiuse la porta alle sue spalle e, liberatasi dai pantaloni e dal maglione, s'infilò sotto le coperte. Si sforzò di pensare a Paolo, a loro due insieme quando ancora erano felici. Perché loro erano stati felici! Si rivide mentre ancorata al suo braccio passeggiava per le via della città. Rivide il suo sorriso sornione, mentre le sussurrava nell'orecchio che la desiderava e, per farle capire che era vero, l'attirava a se per farle sentire l'effetto che gli faceva. Si sentiva amata. Si era considerata quasi una prescelta. Paolo, il ragazzo più corteggiato del liceo, l'aveva scelta. L'aveva corteggiata spudoratamente fino a farla capitolare. Perché Sara non aveva mai visto quel bel ragazzone come un possibile compagno di vita. Si conoscevano da sempre e da sem-

pre si erano rincorsi e persi. Ripensò alle lunghe fughe in moto. Al loro bisogno impellente di ritrovarsi da soli per scoprirsi, per amarsi senza nessuna regola. Praticamente, facevano sesso ovunque. Già, era proprio felice all'inizio di quella storia, che, poi, l'avrebbe condotta giù fino alle soglie della follia, dove tutto e tutti diventano solo ombre che attraversano la strada. Si addormentò con quest'angoscia che le opprimeva il cuore e le impediva di respirare. L'ombra del ragazzo la seguì fin dentro i suoi sogni. Cercava di raggiungerlo e provò a chiamarlo. Paolo si voltò lasciando vagare lo sguardo nel nulla. Non la vedeva! Sara provò ad urlare, ma qualcuno la teneva stretta impedendole di muoversi, di raggiungerlo. Lo vide allontanarsi, perdersi tra la folla…

"Stsss, non piangere."
Hannane si era stesa nel letto accanto a lei. Le sfiorava delicatamente il volto, per asciugarle le lacrime. Le sussurrava qualcosa all'orecchio. Prese ad accarezzarle il collo, poi scese lentamente sulla schiena. Sara non si mosse. Per una frazione di secondo pensò di stare ancora dormendo, ma il tocco insistente delle mani dell'altra sul suo corpo, le tolsero ogni dubbio. Non si era mai trovata in quella situazione. Che stava facendo? Pregò in cuor suo che la smettesse. Voleva farle capire che aveva preso un abbaglio. Che lei non era quel tipo di ragazza e che tutta quell'intimità la stava spaventando. Ma non si mosse e non la respinse. Hannane prese a massaggiarle le spalle, prima cautamente poi, rassicurata, con più forza, con passione. Nel silenzio della stanza, Sara poteva sentire il battito del cuore rimbombarle nel petto. Una corsa prima lenta poi sempre più veloce. Respirava affannosamente. Provò con tutte le sue forze di controllare il respiro, ma, improvvisamente, quel corpo non le apparteneva più. Era in balia delle mani di Hannane. Le si fermò quasi il cuore quando sentì la sua mano fermarsi sul seno, e smise quasi

di respirare quando la fece girare per poggiare le labbra sulle sue. Serrò la bocca, come ultimo baluardo difensivo. "Fermami, se non vuoi!" Hannane, glielo sussurrò nell'orecchio con un alito tiepido. Non voleva forzarla in qualcosa che non volesse anche lei. Non le rispose. Ma, come spinta da una forza sconosciuta, socchiuse le labbra. Fu un bacio dapprima lieve, prudente, circospetto, poi sempre più esigente. Superato lo stupore, Sara si lasciò andare a quelle sensazioni nuove. L'odore, il sapore e l'intensità di quel bacio se lo sentì fin dentro lo stomaco. Un turbamento così violento da scuoterle i sensi. Qualcosa di nuovo, qualcosa di strano, qualcosa d'indescrivibile. Non aveva mai pensato di poter desiderare una donna. Invece, quello che le stava capitando era rispondere, con naturalezza, a degli istinti primordiali, sconosciuti. La pressione del corpo della ragazza su di sé la trascinarono in un turbine di eccitazione. Si mosse suo malgrado, seguendo il ritmo di una magica danza, che la condusse sull'argine selvaggio di un fiume in piena.

13

Al risveglio si ritrovò sola. Guardò la piccola sveglia sul comodino: segnava le otto. Era euforica, rilassata, felice. Assaporò quel momento di completo abbandono, come se nulla avesse più importanza. Ma durò poco. Provò vergogna di se stessa, per quello che aveva fatto e del piacere che aveva provato. Si smarrì. Provò ad immaginare che avesse solo sognato, ma l'odore dell'altra era ovunque sul suo corpo. Se chiudeva gli occhi la poteva ancora sentire. Provò l'imminente desiderio di sprofondare. S'immaginò che il letto si aprisse e l'ingoiasse, facendola sparire per sempre. Lei non era quella! Si era lasciata andare perché sorpresa nel sonno, mentre si è più vulnerabili, quando si è più esposti agli altri. Lei non era quella!!! Se lo ripeté tante di quelle volte da farsi venire una violenta emicrania. Si tirò le coperte fin sopra la testa ed in silenzio cominciò a piangere.

Quando riaprì gli occhi erano da dopo passate le due del pomeriggio. Si alzò controvoglia. Ignorò di proposito l'immagine che lo specchio rifletteva. Sperava di trovare sul suo volto i segni della rovina, ma la verità era un'altra. La sua faccia raccontava un'altra storia. Una storia che non era pronta ad accettare. Si vestì in fretta, tirando fuori il velo, che teneva poggiato sulla sedia vicino alla scrivania. Lo indossò, coprendo quasi del tutto il volto, ed uscì. Entrò in cucina. Tutto era in un silenzioso ordine. Provò una strana inquietudine. Salì le scale, gradino dopo gradino, con una lentezza pari a quella che mette un condannato mentre sale i gradini che lo portano al patibolo. Sentiva le gambe pesanti ed una grande oppressione sul cuore. Cosa le avrebbe detto? Qual era la cosa giusta da fare dopo quello che c'era stato tra loro? Si fermò davanti alla porta chiusa della stanza di Hannane, respirò profondamente e poi entrò. La camera era immersa nella penombra, era vuota, come il resto della casa. Perlustrò con cautela ogni angolo dove non si era ancora spinta. Nell'ultima stanza, del piano riservato interamente alle camere da letto, Sara udì dei rumori. Delle flebili voci il cui suono sembrava provenisse da un ambiente ovattato. Accostò l'orecchio alla porta, ma non riuscì a distinguerle. L'aprì, cercando di fare meno rumore possibile, poi, in punta di piedi, entrò. La stanza, dipinta di un azzurro tenue, era priva di qualsiasi mobilio, fatta eccezione di due vecchi divani in tessuto marrone, posti nei due angoli opposti. Al centro, un'enorme tappeto dai colori accesi, su cui erano appoggiati vari cuscini. In mezzo, troneggiava un narghilè. Si guardò intorno con aria circospetta. L'adrenalina scorreva veloce, facendole battere il cuore all'impazzata. Una vocina insistente le ordinava di ritornare sui suoi passi, scappare via da quella stanza, ma lei preferì ignorarla. Invece proseguì. Attraversò tutta la stanza per ritrovarsi di fronte ad un'altra porta lasciata socchiusa. Sbirciò all'interno, dalla piccola fessura, e rimase in ascolto col fiato sospeso. Stavano parlando nella loro lingua. Suoni gutturali e sconosciuti. Non riuscì a capire nessuna delle cose che si dicevano ma, la voce femminile, che in certi momenti sovrastava quella di tutti gli altri, era di Hannane. La sentì ridere e scherzare. Incauta, s'addentrò ancora un po' per vedere chi era con lei. La ragazza stava in piedi davanti ad una scrivania e di fronte a lei tre uomini, con indosso la tunica bianca ed il turbante. Sara si sentì mancare. Le gambe le tremarono e per un attimo sentì il cuore fermarsi. Il volto di Hannane era fiero, duro, impassibile, niente a che vedere con la ragazza sottomessa, che in tutto quel tempo aveva imparato a conoscere. Non indossava il velo ed aveva i capelli raccolti dietro la nuca. Abbassò la testa per leggere dei fogli che aveva disteso sul piano della scrivania, ed una ciocca di capelli le sfuggì via, ricadendo impertinente davanti agli occhi. La spostò con un gesto rapido portandosela dietro l'orecchio. Non riusciva a credere alla scena che aveva di fronte. Chi era quella donna? La fissò con tanta intensità che Hannane alzò lo sguardo nella sua direzione, una frazione di secondo dopo che lei si era ritirata. Uscì in punta di piedi, sconvolta da ciò che aveva visto. Aveva sperato di trovarla confusa, disorientata, dispiaciuta e magari pentita per quello che avevano fatto. L'aveva immaginata nel medesimo stato d'animo in cui era lei. Ma ritrovarsela in quella versione sconosciuta, metteva tutto sotto una nuova luce. Scese velocemente le scale, fino ad arrivare nel suo piccolo rifugio. Le pareti della stanza sembravano restringersi, provò un senso di soffocamento. Non riusciva a respirare. Annaspò, tossì più volte. Era in riserva d'aria. Gli occhi le si riempirono di lacrime che scesero velocemente sul viso. Si lasciò scivolare, appoggiando la schiena alla porta, fino a raggiungere il pavimento dove nascose la testa tra le gambe. Conosceva bene quella sensazione. Non era la prima volta e per questo sapeva in qualche modo come gestirla. Fece lunghi respiri inalando l'aria dalle narici e spingendola fuori dalla bocca. All'inizio con movimenti repentini del diaframma poi, pian piano, sempre più lenti, finché il respiro non tornò regolare. Doveva pensare, ma il cervello era in blackout. L'immagine di Hannane che discuteva con quegli uomini la tormentava. Chi era veramente quella ragazza? Aveva fatto di tutto per entrare nelle sue grazie, convincerla che entrambe vivevano un dolore che le stava divorando. Aveva voglia di urlare, spaccare tutto e poi prenderla a schiaffi per farle male. Lo stesso male che stava provando lei. Afferrò la collana che aveva al collo con entrambe le mani per romperla. Caricò quel gesto di così tanta rabbia da procurarsi un'escoriazione. Ma non ci badò. Non era la ferita che le bruciava. Lanciò la collana contro la scrivania dove fece un piccolo tonfo, prima d'incastrarsi in un angolo di essa.

Si sentiva offesa, tradita, usata, umiliata. Doveva vendicarsi. Si, quella era l'unica strada possibile per mettere a tacere il male che sentiva dentro. Perché nonostante tutte le sue reticenze, Hannane era riuscita a scavalcare quel muro di diffidenza che Sara aveva eretto a protezione della sua fragilità. Apparire una stronza agli occhi degli altri, l'aveva salvata da tante delusioni. Aveva imparato sin da piccola ad usare il sarcasmo affinché nessuno scorgesse la sua vera natura fragile. Era ancora immersa in questi pensieri, quando sentì bussare delicatamente alla porta. Si asciugò il volto con il maglione e provò ad assumere un'espressione la più naturale possibile, anche se dentro sentiva divampare il fuoco dell'ira.

"Posso?"

"Non credo tu debba chiedermi il permesso!"

Hannane entrò con un sorriso che le illuminava l'intero volto, ma durò solo pochi secondi, perché si spense non appena incrociò lo sguardo dell'altra.

"Che succede, stai male?"

"Cosa te lo fa credere?"

Hannane chiuse la porta e le andò vicino.

"Stavi piangendo!"

Sara si allontanò per evitare ogni contatto. Il solo vedersela davanti dopo averla scoperta con quegli uomini le dava il voltastomaco.

"Vorrei uscire un po'!"

Sara le dava le spalle per evitare che potesse leggere sul volto i pensieri che le attraversavano la mente.

"D'accordo t'accompagno fuori, però promettimi di dirmi cosa ti rende tanto triste!"

Aveva il tono supplichevole di chi sta in pena. Ma Sara l'aveva vista con quel uomini e scacciò via il pensiero di un suo rammarico..

"Come vuoi."

L'aria fredda, del tardo pomeriggio, l'investì come un violento schiaffo sul volto. Tirò giù le maniche del maglione fino a coprirsi completamente le mani. Si strinse nelle spalle e seguì l'altra attraverso il sentiero che conduceva al loro piccolo rifugio. Hannane l'osservava con espressione cupa, era evidentemente presa da gravi pensieri. Arrivati dinanzi al maestoso albero non si sedettero ma rimasero in silenzio l'una di fronte all'altra.

"Mi dici che hai?"

"Niente!"

"Non mi sembra. Il tuo viso riflette ogni tua emozione."

Provò a prenderle una mano, ma l'altra si spostò velocemente all'indietro.

"Ma non mi dire!"

"Perché sei così arrabbiata?"

Sara sorrise con amarezza, avrebbe voluto urlarle in faccia tutta la sua frustrazione, riempirla di parolacce e schiaffeggiare quel viso che nonostante tutto la disorientava.

"Non sono arrabbiata!"

"Se mi dici cosa ti tormenta, magari riusciamo insieme a trovare una soluzione!"

"O magari non c'è soluzione! Il danno è stato fatto e indietro non si può tornare. Chi può saperlo!"

Il volto della ragazza sbiancò, come se avesse ricevuto una notizia terribile, inaspettata. Si portò una mano sul cuore, segno che le sue parole l'avevano colpita dentro. Sara osservò tutta la scena, infastidita dalla teatralità delle azioni.

"Se ti ho ferita in qualche modo, mi dispiace. Non era mia intenzione."

Gli occhi della ragazza si riempirono di lacrime e, nonostante Sara non l'avrebbe mai ammesso neanche con se stessa, le fece male vederla tanto afflitta. Ma durò pochi secondi, il tempo di rivivere la scena di Hannane che se la rideva mentre architettava chissà quale diavoleria.

"Non credi sia tardi per dispiacersi?"

"Pensavo...."

"Che cosa pensavi, Hannane? Chi cazzo ti ha dato l'autorizzazione di giocare con la mia vita?"
La ragazza rimase in silenzio ad osservare l'espressione disgustata sul volto dell'altra.
"Non so trovare le parole per alleviare il peso di ciò che è accaduto!"
"Suvvia Hannane, smettila di recitare."
"Di cosa stai parlando?"
"Che devi sentirti davvero furba. Chissà le risate!"
"Di cosa mi stai accusando?"
Sara le si piazzò davanti cercando di celare il tremore del suo corpo.
"Di essere una stronza, bastarda! Una puttana di merda, che si è inventata una bella storia per tenermi buona, affinché potesse fare di me quel che voleva! So tutto."
Hannane sostenne il suo sguardo senza battere ciglio.
"Cos'è che sai?"
"Che dovevo prendere meglio la mira prima di lanciarti quella tazza, mi sarei evitata tante rogne."
"Sul serio Sara, avresti voluto uccidermi?"
"Perché no!"
"Non la pensavi così la scorsa notte..."
Hannane non riuscì a finire la frase, che Sara la colpì in faccia con uno schiaffo così violento da farle bruciare la mano.
"Non ti azzardare mai più a far riferimento a quella cosa... Mai più!"
Hannane si massaggiò il volto che nel frattempo era diventato color fuoco.
"Capisco!"
"Tu non hai capito un bel niente, stronza di merda. Niente!"
Hannane si allontanò dirigendosi verso il sentiero.
"Rientriamo, si è fatto tardi!"
Sara rimase sconvolta dal tono gelido che aveva usato nei suoi confronti. Mai l'aveva sentita parlarle con tanta

durezza. La seguì mantenendo una certa distanza. Ad un tratto, smaltita la rabbia, cominciò a temere la reazione che avrebbe potuto avere. Aveva sempre pensato a lei come a una povera vittima di un mondo chiuso e brutale e ad un tratto, quel pomeriggio, aveva visto una parte della ragazza completamente sconosciuta, che mai avrebbe sospettato nascondesse. Aveva paura.

Scesero nel seminterrato in assoluto silenzio.

"Raccogli le tue cose. Domani partiamo per un lungo viaggio!"

Non le diede il tempo di replicare che si chiuse violentemente la porta alle spalle.

Cosa intendeva per un lungo viaggio? Il suono di quelle parole non lasciava intendere nulla di buono. Ecco, quello che temeva dall'inizio della prigionia sarebbe successo. Quella era la fine!

14

Non aveva chiuso occhio per tutta la notte. Aveva i crampi allo stomaco, e non erano dovuti solo al fatto che non aveva toccato cibo da quasi ventiquattrore. Aveva fissato la porta nella speranza di vederla aprire e scorgere il sorriso luminoso di Hannane. Hannane prima di quel terribile pomeriggio, quando aveva visto la solarità lasciare il posto ad un'ombra cupa che la rendeva ancora più misteriosa. Hannane che, nonostante tutto, riusciva a infonderle sicurezza, a farle dimenticare di essere sola in un paese straniero, lontana dalle persone che l'amavano. Aveva sperato con tutte le sue forse che non appena avesse sbollito la rabbia, analizzando la situazione, avesse capito che il suo gesto rappresentava lo sfogo per una situazione incomprensibile. Non poteva essere così falsa. Non poteva avere recitato solo una parte per chissà quale tragedia. No! Adesso a mente lucida, ripensando ogni momento trascorso con lei, non poteva essere solo un inganno, il frutto di una diabolica messa in scena per indurla a fidarsi. Ripensò alle cose che le aveva sussurrato all'orecchio, al tono caldo della sua voce e si convinse che si era sbagliata, aveva interpretato male ciò che aveva solo intravisto, senza capire una parola dei discorsi che stavano facendo. Come aveva potuto condannarla senza darle il tempo di spiegarsi, gettandole addosso tutto quell'odio? Non voleva cercare risposte, perché certe volte guardare in faccia la realtà fa così tanto male che dirsi delle bugie è un'esigenza per sopravvivere. Si assopì senza accorgersene perché, quando il silenzio della stanza venne interrotto da un bussare frettoloso, si svegliò di soprassalto. Si sedette sul letto lasciando che una strana felicità invadesse il suo cuore. Alla fine Hannane era arrivata.
"Entra!"

Ammar spalancò la porta ed ingombrò con la sua presenza il piccolo ingresso. Sara restò a fissarlo, mentre sul volto le si dipingeva la delusione.

"Ben svegliata! Hai preparato le tue cose?"

L'uomo indossava pantalone e camicione bianco. Sara pensò che il candore di quel vestiario contrastava piacevolmente col colore della sua pelle. Si era fatto crescere la barba. Per la prima volta, si accorse di quanto i due fratelli si assomigliassero nonostante le diverse proporzioni dei loro corpi.

"Hannane non viene ad aiutarmi?"

L'uomo sorrise maliziosamente.

"Adesso ha altro da fare. Però stai tranquilla, sono a conoscenza della vostra amicizia e sono sicuro che non tarderà."

Sara sentì il volto avvampare. Si vergognò della sua ingenuità. Ma certo Hannane aveva raccontato tutto al fratello e magari si erano divertiti alle sue spalle. Oppure no.

"Non voglio portare via niente!"

"Come vuoi. Prima di raggiungere gli altri, al piano di sopra, indossa il velo." Glielo lanciò sulla scrivania, segno che non era una richiesta, ma un ordine.

Nel piccolo tavolo della cucina era stata allestita un'abbondante colazione. Ammar aveva parlato di altri, ma erano soli o così sembrava. Si sedette con rassegnazione sforzandosi di mangiare. Aveva paura di quello che stava per succedere e sentì il peso dell'assenza di Hannane che, nonostante tutto ciò che era successo tra loro, sentiva il bisogno d'avere accanto.

"Sei pronta?"

Sara annuì senza parlare, mentre sentiva il cuore soccombere all'angoscia. Gli occhi si inumidirono, ma respinse indietro le lacrime. Non voleva che Ammar si accorgesse che aveva paura. Se voleva farle del male, avrebbe trovato pane per i suoi denti. Sorrise a quel pensiero. Ma chi voleva imbrogliare. Qualunque cosa avessero deciso per lei poteva solo sperare che fosse il più possibile rapido ed indolore.

Salì sul fuoristrada bianco, posteggiato nel cortile davanti all'abitazione. L'auto era guidata da un uomo talmente grasso, che lo stomaco poggiava sullo sterzo. Ammar lo salutò dicendogli qualcosa nella loro lingua, tant'è che l'uomo voltandosi nella sua direzione le sorrise allegramente. Si sentì morire. Dove la stavano portando? Perché quel grassone l'aveva guardata in quel modo? Vide Ammar caricare una grossa valigia nel portabagaglio, che si trovava sul tetto del fuoristrada. Si accese una sigarette e cominciò a fumare in tutta tranquillità. Cosa stava aspettando? L'ansia aveva raggiunto il limite massimo di sopportazione. Si mosse sul sedile cercando una posizione meno scomoda. Ma il suo corpo era diventato un pezzo di legno rigido. Si strofinò più volte le mani ghiacciate sui pantaloni, cercando d'infondere un po' di calore a tutto il corpo. Sentiva freddo e non solo per la temperatura frizzante del mattino. All'improvviso Ammar gettò via la sigaretta e salì di fianco al guidatore, nell'istante in cui lo sportello posteriore veniva aperto. Sara guardò Hannane salire lentamente al suo fianco. Indossava il *burqa* e la cosa la infastidì, ma la sua vicinanza le trasmise un po' di tranquillità. Le sfiorò il braccio per attirarne l'attenzione, ma quando i loro sguardi s'incontrarono Sara rimase sbigottita. I suoi occhi non esprimevano nulla. Erano semplicemente spenti. La fissò qualche istante per poi spostare lo sguardo nello specchio retrovisore dove, incrociando lo sguardo dell'autista, ordinò con un lieve cenno della testa, di partire. Ebbe una strana sensazione. L'indifferenza dimostratele da Hannane la ferì più di quanto volesse ammettere con se stessa. Sentiva un nodo in gola e le lacrime sopraggiungere. A quel punto, di fronte al tradimento della ragazza, non le importava più conoscere il destino che l'attendeva. Appoggiò la testa allo schienale e chiuse gli occhi, lasciandosi cullare dall'andamento irregolare dell'auto. Il vociare allegro di un gruppo di bambini che giocavano per strada la ridestò da quel torpore. Lì osservò mentre correvano dietro ad una palla, sporchi e felici d'essere liberi. L'auto rallentò fino a fermarsi, per permettere loro di attraversare la strada. In quel preciso istante le venne in mente che quella era l'ultima occasione per salvarsi. Sbirciò guardinga dentro l'abitacolo, per capire se qualcuno la stava controllando, poi poggiò la mano sulla maniglia dello sportello e fece per aprirla ma Hannane, più lesta, lo richiuse abbassando la sicura.

"Non ci pensare neanche!" Le sussurrò quelle poche parole fin dentro l'orecchio.

Sara la guardò con tutto l'odio che era capace d'esprimere.

"Lasciami andare!"

"Se lo facessi, non riusciresti a sopravvivere un giorno lì fuori."

Hannane indicò il piccolo paese polveroso ai margini della civiltà dove uomini barbuti controllavano da lontano donne coperte dalla testa ai piedi.

"Non fare sciocchezze! Non proverebbero nessuna pietà per un'occidentale che porta scompiglio fin dentro le loro case timorate da dio."

"Andrei dalla polizia...."

"Certo, vestita in quel modo e senza conoscere una parola della loro lingua!"

L'auto riprese la corsa, sollevando un nuvolone di polvere bianca.

"Dove mi state portando?"

"A casa!"

Il tono secco della sua voce, non ammetteva alcuna replica.

"Come no!"

Si lasciò andare contro il sedile, esausta. Aveva voglia di urlare, piangere e soprattutto scuotere Hannane da quell'apatia che le dimostrava. Sentiva caldo e l'impellente bisogno di fermarsi a fare pipì. Da quante ore stavano

in macchina? Abbassò il finestrino, per respirare un po'
d'aria fresca, e lasciò che il tepore del sole le riscaldasse
il viso.
"Ho bisogno di scendere da quest'auto! Per piacere chiedi
all'autista di fermarsi!"
La ragazza avvicinò il capo agli uomini che stavano da-
vanti.
"Arriviamo tra dieci minuti circa. Prova a resistere!"
Aveva voglia di piangere ma si trattenne, cercando di di-
stogliere l'attenzione dalla sua vescica che sembrava vo-
lesse scoppiare.
"Ma voi non pisciate mai?"
Aveva i nervi a fior di pelle e la calma che ostentava l'altra,
la stava facendo uscire fuori di senno.
"Non puoi farne a meno, vero?"
"Di cosa?"
"Di usare tutte queste parole oscene!"
"Perché, ho forse offeso la castità delle tue orecchie?"
Hannane ignorò di proposito la provocazione e ritornò
a fissare fuori dal finestrino. Teneva le mani incrociate
in grembo che insieme agli occhi erano l'unica parte del
corpo scoperta. Indugiò ad osservarle ed un pensiero le
attraversò veloce la mente tanto da farla arrossire. Mentre rincorreva questo o quel pensiero nel vano tentativo
di distogliere l'attenzione da Hannane, l'autista imboccò
una strada sterrata che, dopo una larga curva, proseguiva
dietro un enorme cancello in ferro battuto. Ammar scese
per annunciarsi. Scambiò alcune parole con l'uomo che
stava nel gabbiotto dall'altra parte, che, riconosciuto il vi-
sitatore, fece scattare il meccanismo d'apertura. Dietro il
cancello il terreno arido e cretoso lasciava il posto ad un
manto erboso costeggiato da alti alberi di quercia. L'ombra che proiettavano oscurò l'abitacolo rendendo la scena allarmante. Un brivido la percorse lungo la schiena.
Ebbe l'impressione d'essere entrata in una di quelle ville
ottocentesche abitate da ricchi pazzi e perversi. Cercò lo

sguardo di Hannane. Voleva un contatto con la ragazza. Aveva bisogno che la rassicurasse, che le dicesse che non le avrebbero fatto del male. Ma Hannane restava immobile, cieca davanti al suo bisogno d'aiuto. Posteggiarono dinanzi ad una lunga scalinata di marmo bianco, alla cui sommità attendeva un uomo vestito di bianco. La ragazza sorrise amaramente. Lo guardò dal basso e pensò che, se non stesse vivendo un'orribile premessa della sua fine, poteva essere un posto meraviglioso. Gli uomini scesero dall'auto e dopo un cenno alla figura che li osservava fecero scendere le ragazze. Ammar si portò avanti al gruppo mentre il grassone, che sembrava intorpidito dal lungo viaggio, chiudeva ogni via di fuga. Sara si guardò intorno incuriosita ma senza la minima intenzione di allontanarsi. Era troppo stanca ed il bisogno di una toilette era diventato insopportabile. Ma Hannane non poteva conoscere le sue intenzioni e, visti i modi lenti con cui proseguiva, la prese sottobraccio per aiutarla.

"Non c'è bisogno di stringermi in questo modo, non ho nessuna intenzione di scappare!"

"Ti credo!" Ma continuò a tenerla stretta a se.

Degli uomini, con impeccabili divise bianche, accolsero i visitatori con vistosi inchini. Furono accompagnati in un enorme salone dove in un angolo era stato acceso il camino. Hannane la fece accomodare su di una soffice poltrona color cammello in cui Sara sprofondò inesorabilmente. Dopo essersi scambiati un'occhiata d'intesa col fratello, a sua volta si sistemò nell'altra di fronte a lei. Le pareti, di un tenue color azzurro, erano ricoperte di ritratti di ogni genere. Vecchi, bambini, donne e persino un cavallo dall'aria altezzosa che la fissava dalla parete opposta.

"Sei preoccupata?" Hannane l'osservava con insistenza.

"Dovrei?"

"No!"

"Perché sono qui?"

Hannane chiuse gli occhi nel vano tentativo di nascondere le emozioni che stava vivendo.

"Tra poco saprai la verità."

"Di che verità stai parlando? Non avrete fatto tutto questo casino per vendermi come schiava bianca a qualche vecchio porco!"

Hannane sospirò.

"Vorrei che aprissi il tuo cuore e la tua mente senza condizionamenti e pregiudizi. Solo così potrai capire!"

"Ma sei fuori? Cosa mi devo aspettare?"

"Abbi pazienza!"

"Ne ho avuta abbastanza e sento che tra non molto inizierò ad urlare come non ho mai fatto in vita mia... e poi, cazzo, devo far pipì!"

"Bene, a questo possiamo rimediare subito. Seguimi."

La condusse lungo un corridoio fin dietro una porta.

"Questi sono i servizi delle donne di casa."

Le aprì la porta e rimase in disparte per farla passare.

"Posso chiudere o devi controllarmi!"

"Ti aspetto in salotto."

Detto questo, si allontanò lasciandola sola. La stanza era ampia, illuminata da un'enorme finestra sulla cui sommità troneggiava un tendaggio pesante color porpora. Si accomodò sul vaso liberandosi di un bisogno che la tormentava da parecchie ore. Seduta comodamente si guardò un po' in giro. I sanitari, come il resto dell'ambiente, profumavano di pulito. Aprì l'acqua, che divenne subito calda. Si sciacquò ripetutamente il viso e ravviò i capelli che per lo stress si erano elettrizzati. Quando rientrò nella stanza, dove Hannane le aveva detto di aspettarla, non trovò nessuno. Così si lasciò cadere nella poltrona che l'avvolse come in un caldo abbraccio. Stranamente non sentiva alcun disagio e, nonostante ufficialmente dovesse temere la sorte ignota che l'aspettava, fu pervasa da una serafica beatitudine che le alleggeriva il cuore da ogni preoccupazione.

"Sara?"
Hannane si era cambiata e non indossava più il burqa. Un completo color cachi ed un maglione dello stesso colore simili a quelli che le aveva visti addosso la mattina precedente, le fasciavano il morbido corpo. I ricci ribelli le cadevano sulle spalle in modo ordinatamente confuso. La ragazza si alzò per avvicinarsi.

"Ma tu chi sei?"

"Vieni, ci sta aspettando!"

"Chi? Chi è che ci sta aspettando?"

Hannane le aprì una porta laterale, che dava su un corridoio. A malincuore, le andò dietro. Percorsero i pochi metri per giungere dinanzi ad un'altra porta.

"Sei pronta?"

"Sono pronta, a far cosa?"

Hannane bussò delicatamente alla porta e, senza aspettare risposta, l'aprì. Era una grande camera da letto, illuminata da due ampie porte finestre. Il letto a baldacchino, maestoso, era protetto da un velo trasparente di pizzo. Sara si spaventò nel sentire un rantolo e poi un'esile voce pronunciare il nome di Hannane. La vide avvicinarsi dal lato sinistro e inchinarsi con fare mesto. Scambiò poche parole con la figura stesa nel letto. Si rialzò sorridendo e le andò vicina.

"Ricorda, apri il tuo cuore e la tua mente." Le baciò, lievemente, la guancia e andò via, richiudendosi la porta alle spalle.

"Avvicinati." L'uomo steso nel letto doveva essere molto anziano. Dalle coperte, perfettamente risvoltate, usciva una mano scarnita, con una pelle notevolmente raggrinzita. Sara si avvicinò lentamente.

"Non aver paura! Cosa potrà mai farti un vecchio morente!"

"Che vuole da me?"

Il volto del vecchio era grigiastro, segno che la malattia lo stava consumando. I capelli lunghi, grigi come la barba, erano scompigliati sul cuscino candido. Aveva denti piccoli, stretti e scuri. Doveva essere stato un accanito fumatore.

"Ho saputo che hai dato del filo da torcere ai miei ragazzi!" Tossi ripetutamente, perdendo per un attimo il respiro.

"Di cosa soffre?"

"Un cancro ai polmoni!"

"In che fase è?"

"Diciamo che il mio viaggio su questa terra sta per finire!"

"Mi ha fatta rapire per avere un'infermiera a domicilio?"

L'uomo si sforzò di sorridere. Provò a tirarsi su per mettersi seduto, ma un altro attacco di tosse lo fece desistere.

"Vorrei sistemare alcune cose prima di ritrovarmi al cospetto di Allah!"

"E cosa c'entro io in tutto questo?"

L'uomo le indicò una sedia su cui sedersi. Era imbottita con la spalliera alta in legno e la seduta di velluto rosso.

"Voglio raccontarti una storia e spero tu mi dia la possibilità di farlo, senza interrompermi!"

"Posso scegliere di non farlo?"

L'uomo scosse la testa.

"Un tempo lontano, questa casa era il fulcro vitale per molti abitanti del paese. Non so se hai visto che ci troviamo a pochi chilometri dal deserto."

Cercò di soffocare un colpo di tosse che uscì fuori come un rantolo.

"Qui si concludevano affari, nascevano amori e si punivano tradimenti."

L'uomo tossì ripetutamente prima di riuscire a continuare. "Spettava a me vegliare su tutto e tutti. Ho sempre agito nel rispetto delle leggi sacre. Credendo d'essere nel giusto...."

Sara guardava quell'uomo, impedito nei movimenti che, nonostante la malattia, conservava un atteggiamento austero.

"Da sempre le famiglie combinano i matrimoni all'insaputa dei figli. Anch'io ho rispettato questa regola, prendendo in moglie la figlia del cugino di mio padre. Questa è sempre stata una tradizione. Nessuno si era mai ribellato... Nessuno prima di Naja...."

Tossì nuovamente, mentre un rivolino di sangue fuoriusciva dalla bocca.

"Aspetti, l'aiuto."

Sara si avvicinò, ma l'uomo la fermò con un gesto repentino della mano.

"Non occorre!"

Afferrò da sotto il cuscino un panno che portò alle labbra per asciugarsele.

"Najma era la mia ultima figlia. Bella e indomita come certi cavalli selvaggi che non si riesce mai a sottomettere del tutto. Avevo capito, dal primo momento che l'avevo presa in braccio, che quella figlia sarebbe stata la mia rovina..."

Rimase qualche attimo in silenzio, alla ricerca di un ricordo svanito.

"Non c'era castigo che temesse. Quando prendeva una decisione non c'era modo per farla desistere. Incolpavo la madre per le stranezze del suo comportamento. Le dicevo che non era stata brava ad educarla. Non era stata capace d'insegnarle le regole affinché diventasse una buona moglie e una brava madre. Ma Najma amava la libertà e voleva vivere di emozioni...."

Sara si mosse nervosamente sulla sedia. Non capiva il senso di quel racconto.

"Il suo atteggiamento era un affronto continuo alla mia autorità di padre. Così, compiuto il sedicesimo anno di età, stabilii che sarebbe andata in sposa ad un uomo forte e autoritario. Un uomo capace d'indurla alla ragione."

"Però, che bravo padre premuroso!"

Sara si lasciò scappare quella frase senza avere il tempo di valutarne l'effetto.

"Sei proprio come ti hanno descritta...."

L'uomo tossì. Con movimenti lenti si sporse per prendere il bicchiere con l'acqua che stava sul comodino, di fianco al letto. Bevve piccoli sorsi e poi respirò profondamente. Chiuse gli occhi e Sara temette fosse morto.

"Si sente bene?"

"Ho provato a farla ragionare. Le ho promesso che sarebbe rimasta a vivere in questa casa, vicina ai suoi adorati cavalli. Ma non ne volle sapere! Diceva che il suo cuore apparteneva ad un altro. Che Allah aveva voluto la loro unione e che mai avrei potuto separarli. Mi dispiace tanto... Ho sbagliato tutto!"

Una strana inquietudine si stava impossessando della sua mente.

"Perché ci tiene tanto a raccontarmi questa storia?"

L'uomo sembrava non avesse udito, intento a fare i conti con il proprio passato.

"Mi disse che mai avrebbe potuto sposare un altro, perché dentro di lei stava crescendo una vita... Ho creduto d'impazzire! Non mi capacitavo come avesse osato sfidarmi fino a quel punto. Cosa avrei potuto fare! La sciagura si sarebbe abbattuta su questa casa e su di me, che non ero riuscito nel mio ruolo di padre. La picchiai fino a sfinirla, in preda ai demoni più furiosi."

"Scusi, ma non credo d'essere la persona più adatta per ascoltare queste confidenze...."

"No, invece tu devi sapere tutta la storia...." Tossì e sputò sangue. "Vedi, non mi resta molto tempo... Lascia che finisca il racconto...."

Sara si sistemò meglio sulla sedia, che all'improvviso sembrava scottasse.

"Volevo obbligarla a dirmi il nome del traditore che si era permesso di cogliere il fiore più prezioso del mio giardino senza avere il mio permesso. La feci rinchiudere in una stanza senza finestre, con il divieto assoluto per chiunque di avvicinarsi fino a quando non si fosse decisa. Non mostrò mai segno di cedimento. Non la vidi mai piangere né supplicare, neanche quando vietai alla madre di farle visita. Restò segregata due mesi. Ogni notte, la sua povera madre m'implorava di farla uscire e ogni notte sentivo la rabbia dell'affronto subito diventare sempre più cieca. Finché un mattino, fui svegliato dalle urla strazianti della governante. Sembrava impazzita."

Distolse lo sguardo da Sara per fissare il nulla dietro le finestre.

"Si era inflitta dieci coltellate al cuore, con una rapidità e una precisione da averla fatta passare dalla vita alla morte in pochi minuti."

"Najima?"

"La madre… La donna che, per orgoglio, non avevo amato abbastanza da concedere il perdono per la figlia."

Sara ebbe un tuffo al cuore, come se le parole del vecchio le fossero entrate fin dentro l'anima.

"Che fine ha fatto Najima?"

"Quella mattina, quando inviai una donna per restituirle la libertà, lei non c'era più."

Tossì ripetutamente diventando paonazzo.

"Sua madre, come ultimo atto d'amore prima di lasciarla per sempre, le ha dato la libertà, condannando me ad una vita disperata…."

"Certo, ha un bel peso sulla coscienza!"

L'uomo la fissò per un momento e poi le chiese d'avvicinarsi di più.

"È per questo che tu sei qui… Mi devi aiutare a donare la pace al mio cuore!"

"Non so come aiutarla…."

L'uomo le prese la mano e la strinse con le poche forze che aveva.

"Perdonami!"

Sara sgranò gli occhi, dalla sorpresa.

"Non capisco, perché chiede il mio perdono?"

"Perché..." Ma le parole gli morirono in gola soffocate dalla tosse.

"Vuole che chiami qualcuno?"

"No! Devo trovare il coraggio di finire ciò che ho iniziato... Solo tu puoi donarmi la pace prima di presentarmi dinanzi ad Allah. Tu sei la figlia di Najima, mia nipote...." Alle parole del vecchio, Sara si sentì mancare.

"Ma di cosa sta parlando? Io sono Rosaria Darusso, figlia dell'ingegnere Salvatore Darusso e della dottoressa Maria Cardelli, nata e cresciuta a Catania. Mi sa che ha preso un abbaglio!"

Sara si sforzò di ridere, ma le parole dell'uomo la resero inquieta.

"Lo so come ti hanno chiamato. Come sono a conoscenza di chi ti ha tenuta lontana dalla tua vera famiglia!"

Il tono di voce dell'uomo divenne più grave, segno che lo sforzo stava diventando insopportabile.

"Pensa sul serio che bastino le parole di un vecchio moribondo per farmi accettare questa storia folle?"

"Sapevo che non sarebbe stato così semplice... per questo ho incaricato Hannane di trovarti e riportarti a casa. Lei è in possesso di tutta la documentazione necessaria per dimostrarti la verità. Abbiamo anche il test del DNA...."

Sara si portò le mani alla testa. Ad un tratto sentì che il cervello le stava per esplodere. Cos'era quello, un incubo? Forse si era addormentata in auto e si trattava solo di un brutto sogno? Si sentì soffocare. Un nodo alla gola le impediva di respirare. Si alzò dalla sedia, così velocemente da farla cadere all'indietro.

"Voglio uscire da questa stanza... Soffoco!"

"Ho bisogno che mi ascolti...."

Sara corse prima che il vecchio potesse indurla a fermarsi. Aprì la porta e, accecata dalle lacrime, cominciò a correre all'impazzata. Si ritrovò fuori, nel vasto giardino e, senza badare alle voci che provavano a fermarla, continuò una fuga disperata. Non le importava che le scarpe affondassero nel terreno o che i rami degli alberi più bassi le frustassero il corpo ed il viso con violenza. Rimase impigliata in un arbusto ma, senza fermarsi, strattonò via il braccio, lacerando il maglione che indossava. Aveva bisogno di scappare da una verità insopportabile. Una verità che le dava quelle risposte che aveva cercato per tutta la vita. La mancanza di empatia con sua madre. Il bisogno costante d'avere accanto qualcuno che le dimostrasse in ogni momento amore, erano l'esternazione di un oscuro e profondo dolore. Perché la sua vera madre, che l'aveva protetta dalle ire del nonno, alla fine l'aveva ceduta ad una coppia di perfetti sconosciuti a migliaia di chilometri da casa? Dov'era adesso Najima? Perché l'uomo aveva aspettato venticinque anni per cercarla? Finì la sua corsa davanti ad un casolare che, dall'esterno, si capiva doveva essere la stalla di cui aveva sentito parlare nel racconto del vecchio. Vi entrò, cercando di riprendere fiato. Si guardò intorno. Contò sei cavalli che riposavano nei vari box. Ognuno con una sella pronta sulla staccionata di recinzione. Non era mai stata una grande appassionata di animali, ma quel luogo le diede i brividi. Ebbe la sensazione che, in quel luogo, fosse successo qualcosa d'importante, che la riguardava.

"Non devi mai metterti di fianco al cavallo, potresti spaventarlo e finirebbe col farti del male!"
Sara si voltò di scatto per ritrovarsi Hannane di fronte.
"Sapevi tutto sin dall'inizio, vero?"
"La verità non è mai così semplice. Non basta un si o un no per spiegare gli eventi…."
"Mi fai schifo! Credevo nelle stronzate che mi raccontavi." Sara la spostò con una mano. Non voleva averla troppo vicina. "Giù la maschera Hannane, non serve più. Chi sei?"
"Sei troppo sconvolta, non riusciresti a guardare le cose nella giusta prospettiva."

"Si, hai ragione. Sono troppo sconcertata. Tutta la mia vita è basata sull'inganno."

"Vorrei poterti aiutare!"

"Fallo! Allontanati da me il più possibile. Sparisci!"

"Non posso… Hai bisogno di sapere il resto della storia ed io sono in possesso dei tasselli mancanti per spiegarti tutto…."

Sara le andò vicino e a denti stretti le urlò la rabbia che aveva dentro.

"Siamo state insieme quasi due mesi. Potevi accennarmi qualcosa, preparami a tutto questo…."

"Non potevo! Avrei tradito la sua fiducia."

"E la mia di fiducia? Ma sai che ti dico, devo applaudirti, perché sei una grande attrice. Una di quelle da premio oscar."

Sara batté violentemente le mani ed il suono, prodotto, spaventò i cavalli.

"Smettila, li farai imbizzarrire. Usciamo da qui!"

L'afferrò con forza per un gomito per condurla all'aperto.

"Quando ho tradito la tua fiducia, Sara?"

"Mi hai raccontato una montagna di balle! Però, devo dire che la tua fantasia va oltre ogni immaginazione. Sei riuscita a creare una tragedia greca… Ho provato pena per te, per quello che ti avevano fatto… per come eri costretta a vivere. Mi sono sentita una merda quando ti ho colpita. Pensavo d'essermi messa sullo stesso piano di quelli che avevano abusato di te… Cazzo Hannane! Ti sei inventata tutto per farmi abbassare le difese, per carpirmi i segreti più dolorosi… Perché?"

Hannane le stringeva il gomito con tanta forza da farle male.

"Chi ti dà la certezza che mentissi?"

"Guardati! Un giorno indossi il burqa, come segno di sottomissione totale agli uomini e alle loro scellerate leggi, ed il giorno dopo sei in tenuta cavalleresca pronta a guidare un plotone della fanteria! Ma realmente chi sei?"

"Sono entrambe! Sono la ragazza usata, violentata, abbandonata che la vita ha reso più dura e meno sprovveduta."
"Qui l'unica sprovveduta sono io! Chissà le risate che ti sei fatta con quegl'altri?"
"Di chi stai parlando?"
"Degli uomini che ho visto ieri mattina!"
Hannane provò a rimettere ordine nella successione degli eventi e poi sorrise.
"Quindi mi stavi spiando!"
"Ti stavo cercando per chiarirmi le idee su quello che era successo… Pensavo la cosa avesse turbato anche te… ma evidentemente mi sbagliavo."
La ragazza si liberò dalla stretta.
 "Gli uomini che hai visto, fanno parte della squadra che tuo nonno ha messo insieme per cercarti, ma soprattutto per proteggerti. Stavamo solo individuando il percorso più sicuro per farti giungere qui!"
"Proteggermi, da chi?"
"Tuo nonno è un uomo molto importante per la nostra comunità, ma non ha sempre fatto le scelte giuste."
"E allora?"
"Qualcuno potrebbe aver saputo del tuo arrivo…."
"Sei troppo evasiva e la cosa mi sta innervosendo!"
"Se rientri in casa, con me, ti darò tutte le risposte che cerchi!"
"Basta con le bugie!"
"Te lo prometto."

15

Dopo un lungo bagno, Sara aveva riacquistato un briciolo di lucidità per analizzare gli eventi che le stavano stravolgendo la vita. Si stupì, notevolmente, nel rendersi conto che il sapersi parte di quella terra sconosciuta non la turbasse più di tanto. Forse, l'aver vissuto con Hannane e la sua famiglia l'aveva in qualche modo preparata al cambiamento. Provò a ripensare ai suoi genitori. Alla vita frenetica che vivevano e che le avevano fatto vivere. Ripensò a Paolo, rendendosi conto che non l'odiava più, che, alla fine, era riuscita a metabolizzare l'immenso dolore per la scelta che era stata costretta a fare. E si stupì, nel rendersi conto che, la nuova Sara, era emersa grazie all'aiuto di Hannane. Vagò per i lunghi corridoi della casa, fino a giungere, richiamata dall'odore del cibo, in cucina.

"Vuoi cenare?"

Hannane le indicò la tavola imbandita. Odori misti di spezie e salse le solleticarono le narici, ricordandole di avere lo stomaco vuoto, da troppo tempo. Si sedette, aspettando che la cuoca la servisse.

"Grazie."

Alzò gli occhi, incrociando quelli della donna, che indossava il velo. Rimase a bocca aperta, riconoscendone lo sguardo.

"Ma..."

"Sì è Miriam e, no, non è mia madre. Questa è una delle piccole bugie che ti ho detto. Mangiamo e dopo ti chiarirò ogni dubbio!"

Cenarono in silenzio scambiandosi di tanto in tanto un'occhiata. Il vino nero, servito durante la cena, aveva un delizioso gusto fruttato che accompagnava perfettamente quelle pietanze eccessivamente speziate.

"Fossi in te starei attenta, sembra innocuo e alla fine non ti reggerai più in piedi…."

Sara sorrise divertita. Forse quella raccomandazione arrivava tardi.

"Vieni, spostiamoci in salotto, ho delle cose da farti vedere!"

La seguì nell'ampio salone e senza aspettare che l'altra la invitasse si lasciò cadere su una delle poltrone, vicina al camino.

"Non so se è il caso di affrontare il discorso in questo momento. Mi sembri un po', come dire, euforica."

Sara rideva per ogni cosa, era come se il vino le avesse allentato i freni inibitori.

"No, ti prego raccontami tutta la storia. Sono troppo curiosa." E giù a ridere come una matta.

"Sai cosa penso? Che sarebbe meglio se andassi a dormire. È stata una giornata estremamente difficile per te…."

"Dormi con me?" Le strizzò l'occhio con malizia.

"Ho capito! Andiamo."

Le tese una mano per aiutarla a tirarsi su. Sara l'afferrò debolmente e l'altra dovette mettere più forza del dovuto per farla alzare. Con uno strattone se la ritrovò barcollante tra le braccia.

"Vuoi baciarmi?"

"Tu vuoi essere baciata?"

Hannane l'osservava con un'espressione divertita sul volto. Sara avvicinò le sue labbra a quelle dell'altra.

"Allora?"

Rimasero qualche secondo in quella posizione. Aspettando che l'una prendesse la decisione anche per l'altra. Un momento cristallizzato che Hannane temeva di spezzare.

"Abbiamo tante cose di cui parlare… tante! Ma non è questo il momento per affrontarle!"

La scostò da se mettendole un braccio intorno al girovita per aiutarla a sostenersi.

"Non vuoi? Ma l'altra notte non mi sembra ti sia fatta tanti scrupoli!"
Sara rise alle sue stesse parole lasciandosi condurre su per le scale.

Al risveglio non ricordò nulla della sera precedente. Il vino aveva fatto il suo dovere ma lei non ne era a conoscenza. Aveva le tempie che le martellavano ed un sapore disgustoso in bocca. Le tende della stanza era state tirate lasciando liberi i raggi del sole d'illuminare la stanza. Si coprì gli occhi con una mano, per evitare che la luce l'accecasse. Qualcuno bussò e, senza aspettare risposta, entrò nella stanza.
"Bonjour madame!"
"Bonjour."
"C'est son petit-déjeuner ».

"Merci beaucoup!"
La ragazza appoggiò il vassoio sul comodino e fattole l'inchino se ne andò.
Aveva un'estrema arsura e trovò conforto nella tazza fumante di tè verde. La bevve d'un sorso, rischiando di scottarsi la lingua. Un vocio di donne attirò la sua attenzione. Si avvicinò alla finestra per capire cosa stesse succedendo. Miriam, che ormai aveva imparato a riconoscere, nonostante il velo, parlava animatamente con altre due donne più giovani. Dal modo in cui gesticolava si capiva che le stava rimproverando o comunque impartiva loro degli ordini. Rimase a fissarle qualche minuto, senza essere vista. La scena si presentava di un normale quotidiano che la spiazzava. La vita scorreva regolarmente per quelle donne. Si erano alzate e si comportavano come avrebbero fatto qualsiasi altro giorno dell'anno. Ma per lei non era così. Aveva perso ogni certezza su se stessa e sulle persone che amava. Le ultime rivelazioni l'avevano resa orfana di genitori di cui sconosceva l'esistenza. Sentì

il cuore gonfio di tristezza. Un peso che le opprimeva il diaframma. Cercò d'allontanare, con tutte le forze, quei pensieri che la rendevano estremamente vulnerabile e, in quel momento, l'ultima cosa che doveva far vedere erano le sue paure. Adesso doveva essere presente a se stessa. Infondersi coraggio, trovare il modo di prendere in mano quella situazione assurda. Hannane entrò, senza annunciarsi, trovandola immersa in quei pensieri gravosi.

"Come ti senti?"

Sara si voltò leggermente dandole un'occhiata di traverso.

"Come se mi avessero sbattuta contro un muro."

"Il merlot fa questo effetto."

"Farò in modo di ricordarmelo, la prossima volta."

Si spostò nella stanza alla ricerca dei vestiti, che non ricordava d'essersi tolta.

"Trovi il cambio pulito nell'armadio."

Afferrò le prime cose che erano state accuratamente disposte in fila nei cassetti.

"Tuo nonno ha chiesto di te. Non ha molto tempo e vorrebbe poterti accogliere nella sua famiglia prima che sia troppo tardi."

Sara si voltò di scatto, socchiudendo gli occhi. Espressione che aveva visto fare a lei, parecchie volte.

"Vuole mettersi l'anima in pace? E se io non volessi più sapere niente? E se chiedessi a te di riportarmi a casa mia in Sicilia, lo faresti?"

Hannane si appoggiò allo stipite della porta.

"Se è quello che vuoi, mi organizzerò in tal senso… Però sappi che, se vai via adesso senza sapere nulla di tua madre biologica e del suo grande amore, finiresti per vivere una vita a metà. Un vuoto che nessuno riuscirà mai a colmare!"

Sara sapeva bene di cosa stava parlando. Quella sensazione di malessere che l'aveva accompagnata da sempre e a cui lei non aveva mai saputo dare un nome.

"Andiamo da lui!"

Scesero le scale e si addentrarono nell'ala della casa desti-
nata al vecchio uomo. La camera da letto era stata rinfre-
scata e le lenzuola sostituite. L'uomo odorava di menta e
sapone. Lo trovò assopito e questo le permise di osservare
attentamente quel volto. Le lunghe ciglia, ormai ingrigi-
te, come il resto del viso, lasciavano intravedere un'antica
bellezza tradita dal tempo e dalla malattia. Hannane le
fece segno di sedersi e lei rimase un po' in disparte. Av-
vertendo la loro presenza l'uomo aprì gli occhi.
"Sei qui!"
Respirava meglio e la tosse insistente, del giorno prima,
sembrava volesse dargli una tregua.
"Vorrei sapere che fine ha fatto mia madre!"
"Certo, sei qui anche per questo. Devi conoscere le tue
origini e decidere di conseguenza. Solo dopo potrò sperare nel tuo perdono. Hannane, per piacere, portala nel mio
studio, lì troverete tutto ciò che serve…."
"Sarà fatto."
S'inchinò appena in segno di obbedienza e saluto. Poi le
rivolse uno sguardo d'intesa.
"Andiamo!"
L'uomo aveva richiuso gli occhi, ricominciando il sinistro
rantolo.
Lo studio era situato in un'ampia stanza. Le pareti ac-
coglievano una gigantesca libreria, che correva lungo il
perimetro dell'intero ambiente. In un angolo, una scrivania di mogano scuro ed una poltrona in pelle nera. Una
lampada, che ricordava le vecchie lanterne, era sospesa a
mezz'aria, retta da un braccio in ferro battuto che partiva
da terra. L'aria odorava di vecchi libri e sigari.
"Questo è il fascicolo che ti riguarda."
Hannane prese un faldone chiuso ai lati da tre lacci.
All'interno, delle piccole carpette grigie sbucavano timidamente.
Sara lo adagiò sul ripiano della scrivania e, cercando di
tenere il battito del cuore sotto controllo, l'aprì. La foto del

viso sorridente di una ragazzina dai capelli neri e gli occhi verdi era stata stampata a pagina intera. Sara la fissò, per ritrovarsi in quegli occhi. Guardò Hannane in cerca di conferme.

"Questa è tua madre, Najima."

Ebbe un capogiro e cercò di dissimulare l'enorme emozione, sedendosi prontamente su una delle sedie poste vicine al mobile. Non riusciva a staccarle gli occhi. Era catturata da quel sorriso fiducioso di un'adolescente che crede nella vita e nel futuro.

"È Bellissima!"

"Tu le somigli molto…."

"Dov'è adesso?".

La ragazza le si sedette di fronte, per riuscire a guardarla negli occhi, mentre parlava.

"Il giorno che tua nonna decise di togliersi la vita, lo fece affinché mai nessuno sapesse dove aveva mandato la figlia. Sapeva che, appena tuo nonno si fosse accorto della fuga, l'avrebbe costretta con ogni mezzo a farsi rivelare la destinazione. Così, aiutata da alcune donne della famiglia, la liberarono e nascosta dal burqa la misero su di un autobus in direzione della città, dove avrebbe dovuto prendere il primo volo per l'Europa. Aveva una sorella che viveva in Francia ed era lì che sarebbe dovuta arrivare." Hannane prese alcune fotocopie che tracciavano degli indirizzi.

"Non siamo riusciti a capire cosa sia successo. Ma non arrivò mai all'aeroporto. Pensiamo che tuo padre, avvertito da una delle donne della partenza di Najima, l'abbia raggiunta convincendola ad imbarcarsi clandestinamente su un barcone diretto a Lampedusa. Qui si perdono le loro tracce. L'arrivo di Najima a Catania, proveniente da destinazione sconosciuta, risale al 15 Gennaio 1980."

Le porse un documento che ritraeva la madre in una foto segnaletica della polizia.

"Questa è la sua carta di soggiorno provvisorio."

"Ma il nome non corrisponde!"

"Credo l'abbia fatto per evitare che il padre potesse rintracciarla."

Sara lesse attentamente le notizie riportate sul foglio.

"Che fine ha fatto mio padre?"

Hannane alzò le spalle, segno che non conosceva la risposta.

"Sappiamo che l'imbarcazione venne speronata da una motovedetta greca e gli squarci riportati la fecero colare a picco. La guardia costiera dichiarò che tutti i cento passeggeri furono tratti in salvo, ma alcuni testimoni sostennero che su quella barca vi erano più di trecento persone."

"Potrebbe essere annegato, restando un morto senza nome!"

"Già, è quello che hanno dedotto gli investigatori mandati da tuo nonno a scoprire la verità."

"Chi era mio padre?"

Hannane prese una carpetta dai bordi sgualciti. All'interno pochi fogli ed una foto formato tessera di un ragazzino sul cui viso comparivano i primi segni di una lieve barba.

"Kamal, questo era il suo nome. Tuo nonno l'aveva assunto come aiuto stalliere. Un *amazigh* silenzioso che detestava ricevere ordini. Nessuno si era accorto della loro relazione. Quelle poche volte che i loro sguardi si erano incrociati non avevano fatto trapelare nulla. Addirittura, qualcuno era pronto a giurare che si detestassero… ."

Sara era confusa. Aveva tra le mani le foto delle persone che l'avevano messa al mondo eppure riusciva solo a provare una grande pena per il loro amore spezzato.

"Se sono loro figlia, come sono finita con quelli che da sempre considero i miei genitori?"

"C'è un ampio fascicolo su loro due. Ma posso riassumerti le notizie più importanti. Quando Najima arrivò al centro accoglienza, fu affidata ad una giovane dottoressa, che prestava servizio di volontariato. Sul registro dell'epoca, si trova la firma di Maria Cardelli, la quale dispose il ricovero urgente della ragazza in una clinica convenzionata del catanese. Da qui in poi si perdono le notizie su Najima."

Sara la guardò angosciata. Hannane estrasse un foglio con l'intestazione del Comune di Catania dove venne registrata la morte della giovane profuga le cui generalità non erano ben note. Guardò il documento. In calce lesse la firma del professor Luigi De Felice che ne attestava il decesso, per cause naturali.

"Cosa credi le abbiano fatto?"

Sara si portò le mani tra i capelli, disperata all'idea che potessero essersi macchiati di omicidio.

"Najima aveva un problema congenito al cuore e durante il parto non ha retto. Mi dispiace!"

"Come fai a sapere tutte queste?"

"Mio padre era un ottimo amico di tuo nonno, oltre ad essere il suo braccio destro. Fu lui, in un primo momento, a condurre le ricerche per ritrovarvi. Ma non è stato facile! Gli indizi portavano a Lione in Francia, mentre voi eravate in Sicilia."

La ragazza mostrò tutti gli incartamenti accuratamente catalogati per anni.

"Ma alla fine mi avete trovata!"

Sara fissava i fogli senza riuscire a leggere niente.

"Diciamo che Allah ha voluto metterti sulla nostra strada. Il racconto di mio cugino, che arrivava con delle foto per proporre un grande affare ad Ammar, non è del tutto inventato. Ammar è veramente mio fratello, ma non ho nessun cugino che vive e lavora in Italia. Uno degli uomini che indagava sulla scomparsa di Najima, per pura casualità, entrò in contatto con un uomo che aveva attraversato il Mediterraneo, su quel barcone, insieme a tua madre. Le notizie raccolte ci condussero fino alla clinica del professore De Felice."

"Perché il rapimento? Perché non siete venuti da me a raccontarmi questa storia!"

"Perché non avresti creduto ad una sola parola. Perché non eri pronta e perché i tuoi genitori hanno fatto di tutto per tenerti lontana dalla verità. Abbiamo cercato un contatto civile. Non volevamo sconvolgerti l'esistenza, ma hanno alzato un muro difensivo, oltraggioso. Se non avessero scelto anche per te, ci saremmo risparmiati tanti problemi. Non è stato facile starti dietro, soprattutto quando hai messo la tua vita in serio pericolo. Capisci, dunque, che portati via in quel modo era l'unica soluzione per non perdere altro tempo. Perché tuo nonno, di tempo non ne ha molto!"

Sara si abbandonò, esausta, contro la sedia.

"Ammettiamo riesca a capire cosa vi ha spinto a trattarmi come un oggetto che andava prelevato immediatamente, perché non condurmi subito qui, da lui!?"

"Hai visto le sue condizioni di salute? Portarti qui e lasciare che sfogassi la tua rabbia contro un vecchio inerme, non sarebbe stata la mossa giusta."

Hannane sfiorò la cicatrice che le era rimasta sul sopracciglio.

"Vedo che tieni molto a lui."

Hannane le sorrise dolcemente.

"Mia madre è morta il giorno in cui sono nata, così, quando è successo anche a mio padre, siamo rimasti soli. Nessuno voleva prendersi carico di altre quattro bocche da sfamare. Tuo nonno ha provveduto a noi rispettando una promessa fatta al suo amico di sempre, mio padre."

"Quindi un salvatore! Ma dimentichi cosa ha fatto alla figlia? Per te quello non conta!"

"Non puoi giudicare le sue azioni, non conosci nulla di tuo nonno. Qui le cose sono diverse. Gli uomini, malgrado loro, sono costretti a far rispettare regole che non hanno deciso. Nascono, crescono e vengono educati nella convinzione che debbano farsi carico delle donne che Allah metterà sulla loro strada. È sempre stato così e così sarà!"

"Ma tu non mi sembri molto assoggettata a queste regole."

"Tuo nonno mi ha resa libera di scegliere. Con me ha cercato di far pace con se stesso. Ha voluto darsi un'altra possibilità, quella che non si è concesso con Najima!"

Sara si alzò sconvolta.

"Cosa dovrei fare adesso?"

"Non so! Prova a trovare la risposta nel tuo cuore. Magari, riuscendo a perdonare un vecchio morente, troverai la pace che meriti."

"Vorrei fosse così semplice."

16

I giorni che seguirono, per Sara, furono i più allucinanti dall'inizio di quell'avventura. I volti dei due ragazzi le si erano impressi nella testa e se li trovava davanti ovunque. Provava sentimenti contrastanti. Era arrabbiata, perché ogni attimo della sua esistenza era stato costruito sulle menzogne. Delusa, dalle persone che l'avevano cresciuta nel rispetto dei principi di una cristianità che non le apparteneva e che loro stessi avevano tradito. Furente, contro se stessa, perché non riusciva a soffrire abbastanza per tutto quello che le stava capitando. La confusione regnava dentro e fuori di se. Non riusciva a definire nessuna emozione. Hannane si era accorta del suo smarrimento e aveva preferito lasciare che il tempo la spingesse nella direzione giusta.

"Prima di rivedere il vecchio, ho bisogno di chiamare i miei genitori. Ho bisogno di sentire le loro voci."
Aprì di scatto la porta della stanza di Hannane, senza annunciarsi. La ragazza si era addormentata distesa sopra le coperte, con un libro aperto poggiato sull'addome. Spalancò gli occhi di soprassalto, spaventata dall'irruzione di Sara.
"Certo… penso si possa fare!"
La trovò stordita e per la prima volta si rese conto che, in tutto quel tempo, quella era la prima volta che la vedeva dormire. Sorrise.
"Perché ridi?"
"Pensavo non dormissi mai!"
Hannane si alzò e ripose il libro sul comodino.
"Che leggi?"
Sara ne guardò la copertina.
"Però! Madame Bovary…."

"Questo è un altro argomento che presto o tardi affronteremo. Sei d'accordo?"

Sara annuì pensierosa.

"Un oceano di bugie!"

"Tutti mentiamo! Lo facciamo ogni giorno. Mentiamo per non ferire chi amiamo. Mentiamo per proteggere chi amiamo e mentiamo soprattutto per proteggere noi stessi…!"

La ragazza appoggiò una mano sul cuore, segno che le parole le arrivavano direttamente da lì.

"Andiamo di sotto! Nello studio di tuo nonno c'è il telefono."

Sara si fermò spaventata.

"Ho tante cose da chiedere. Tante domande a cui solo loro possono dare le risposte giuste!"

Compose il numero di casa con le mani che le tremavano e il cuore che le batteva all'impazzata.

"Pronto!"

La voce della madre era spenta, quasi irriconoscibile.

"Pronto."

Alzò il tono di voce alterata da quel silenzio.

"Basta! Finitela con questi scherzi non ne possiamo più, lasciateci in pace!"

La madre urlava disperata.

"Mamma sono io!"

La sentì trattenere il fiato, poi un singhiozzo soffocato.

"Sara, sei veramente tu?"

La voce le tremava.

"Dove sei? Ti prego, dimmi dove sei? Cosa ti hanno fatto?"

"Sto bene, tranquilla! Confusa forse… Mamma ascoltami, presto farò ritorno a casa… Papà come sta?"

"Bene… stiamo bene… Vogliamo solo riaverti a casa… Ci avevano detto che… Oh Sara, mi sono sentita morire!"

"Tornerò presto, te lo prometto."

"Ma con chi sei?"

"Ti racconterò tutto. Adesso devo mettere ordine in alcune cose...."
Silenzio.
"Sai tutto, vero?"
"Non proprio!"
"Vorrei che ci ascoltassi. Vorrei sapessi la nostra versione. Non ci condannare!"
Silenzio.
"Non vi condanno. Voglio solo la verità!"
Silenzio.
"Sara!"
"Sì?"
"Ti ho sempre amato, anche se non sempre sono riuscita a dimostrartelo...."
"Devo andare."
"Promettimi che tornerai a casa!"
"Te lo prometto."
Mise giù la cornetta, assaporando la gioia che le parole della madre le avevano donato. Doveva far ritorno in Sicilia. Lì sua madre aveva deciso di farla nascere e lì sarebbe ritornata. Ma prima doveva chiudere con quel passato che, per troppo tempo inconsciamente, si era portata dietro, come un fardello. Cercò Hannane e le comunicò la sua decisione.
"Parlerò col vecchio! Non voglio che muoia pensando che l'odio. Alla fine, se tu gli vuoi così bene, non deve aver fatto solo del male!"
"Non sai quanto mi rendano felice le tue parole!"
"Ma non resterò qui, per prendere il posto di mia madre...."
Il sorriso si spense sulle labbra di Hannane, che divenne triste.
"Avevo capito che lo perdonavi!"
"Infatti. Ma la mia vita è in Sicilia. Mi dispiace. Non appartengo a questa casa o a questa gente!"
Hannane le voltò le spalle, per nascondere le lacrime.

"Faremo come desideri!"

Quella sera aveva deciso di trascorrerla con suo nonno. I fantasmi, che aleggiavano sulle loro vite, avevano trovato riposo. Rimase tutta la notte al suo capezzale, ascoltando le sue storie. Storie che raccontavano di una grande famiglia, vissuta nel rispetto di regole oltraggiose, a cui una ragazzina non aveva voluto sottostare, riuscendo a creare un varco da cui far passare la speranza. La speranza che il futuro potesse essere fatto d'amore e di scelte libere. Morì alle prime luci dell'alba, in pace con se stesso e con quelle donne a cui aveva dominato la vita. Sara dovette attendere che il corpo venisse preparato prima della funzione funebre. Rimase ore in attesa, con altre donne della famiglia, in una stanza a loro riservata. Gli uomini, nel frattempo, si occupavano del lavaggio del corpo, il quale veniva accuratamente strofinato, con acqua e sapone, per eliminare ogni impurità. Hannane le spiegò pazientemente tutto il rito che, dopo il lavaggio, prevedeva che il corpo venisse profumato con incenso ed avvolto in un sudario bianco, di stoffa semplice, fatto da tre lenzuoli. Quando la salma fu pronta, iniziò la preghiera collettiva, la *Salatul Janazah,* con cui si chiedeva il perdono per i peccati del defunto.

Fu una giornata estenuante. Ebbe modo di conoscere i fratelli e le sorelle della donna che l'aveva messa al mondo. Ricambiò sorrisi e strette di mano, senza capire una parola di quello che le stavano dicendo. Si sentiva smarrita. Tutti quei volti di donne, quegli uomini imbacuccati nei loro turbanti bianchi, e l'intenso odore d'incenso, che aveva saturato l'aria, le diedero le vertigini. Cercò lo sguardo di Hannane che, intenta ad intrattenere alcune donne, non si era accorta del suo disagio. Le andò vicina, cercando di farsi largo tra le persone che cercavano d'attirare la sua attenzione.

"Aiutami, mi sto sentendo male…."

Hannane la fissò negli occhi pochi secondi, per accorgersi che aveva seriamente bisogno d'aiuto e che non stava scherzando. La condusse all'esterno della casa, fuori in giardino. Il giorno stava lasciando spazio alla sera e nel crepuscolo ogni cosa assumeva le tonalità calde del rosso.
"Come ti senti?"
Sara fece dei lunghi respiri.
"Un po' meglio. C'è stato un momento che credevo stessi per svenire di fronte a tutti!"
"Avresti fatto un figurone! Pensa ai tuoi zii, avrebbero creduto stessi male per la perdita."
La ragazza le sorrise.
"Tu, invece, come stai?"
"Ho una ferita nel cuore. Ma sono certa che, adesso, *grand-père* sta al cospetto di Allah. Per questa ragione, non dobbiamo essere tristi!"
"Se lo dici tu!"
"Tra poco porteremo la salma nel cimitero di famiglia, dove è sepolta anche tua nonna. Te la senti di venire?"
"Non voglio urtare la sensibilità di nessuno e, anche se ne farei volentieri a meno, sarò presente, a patto che tu mi stia accanto."
"Come desideri. Adesso rientriamo."
Il corteo funebre si spostò, in silenzioso rispetto, nel cimitero, che si trovava nella parte sud della tenuta, dove l'imam attendeva il corpo per l'estremo saluto.
"Adesso che succede?"
"Bisogna rispettare tre giorni di lutto per ricevere le visite di cordoglio. Al termine di questi i tuoi zii faranno rientro ognuno a casa loro. Tuo nonno ha fatto in modo di sistemare, per tempo, tutte le pratiche burocratiche. Temeva che, con la sua dipartita, i figli potessero pretendere più di quello che gli spettava."
"Resterai a vivere qui?"
Hannane alzò lo sguardo al cielo.
"Questo è il suo volere!"

Si avviarono verso l'interno, fianco a fianco, ma ad un tratto Sara accelerò il passo per fermarsi di fronte a lei.

"Voglio tornare a casa, Hannane."

La ragazza la fissò senza parlare.

"Mi capisci, vero? Io non c'entro niente con tutto questo." Con la mano indicò la piccola folla di donne che si apprestava ad entrare in casa.

"Non potrei mai abituarmi alle vostre regole, ai vostri ritmi. Impazzirei. Ti prego!"

Hannane la scostò leggermente per proseguire il suo cammino.

"Nessuno t'impedirà di partire."

Detto questo, rientrò. Ma il tono sommesso di voce, tradì la grande amarezza che stava provando.

17

I tre giorni successivi, dedicati al lutto, li trascorse a ricevere le tantissime testimonianze di cordoglio di parenti, amici e soci in affari del defunto nonno. Dal loro comportamento, Sara dedusse che sapessero chi era. Si mostrò umile e decorosa, così come prevedevano le regole del caso. Finse di capire, anche quando non aveva la più pallida idea di cosa dovesse fare. Cercò di far fronte alle situazioni più imbarazzanti come meglio poté. Di grande supporto fu imitare l'atteggiamento che assumevano le altre donne. Quando era indecisa, per evitare scivoloni di cortesia, abbassava lo sguardo al suolo e socchiudeva gli occhi, lasciando intendere che il dolore della perdita era così intenso da non riuscire a contenerlo. Hannane era diventata un'ombra, che appariva e spariva a seconda della presenza del sole.

Al tramonto del quarto giorno, la grande famiglia riunita si apprestò a salutarla. Quando anche l'ultimo ospite si congedò, un silenzio pesante parve piombare, come un macigno, sull'intera abitazione. Sara, rimasta da sola nel grande salone, attese qualche minuto indecisa sul da farsi. Voleva parlare con Hannane. Sentiva il bisogno di un contatto. Erano giorni che la ragazza la evitava. L'osservava da lontano, con uno sguardo impenetrabile. Si aggirò svogliatamente per la casa, che aveva imparato a conoscere bene, nella speranza d'incontrarla. Alla fine, esausta, si recò nella sua stanza da letto. Aperta la porta, se la ritrovò di fronte, la finestra socchiusa.

"Ti stavo cercando!"

Hannane si girò ed i suoi occhi erano umidi.

"Adesso mi hai trovata."

Sara si tolse il velo, che la stava soffocando, e lanciò lontano le scarpe. Poi si lasciò cadere, pesantemente, sul letto.

"Questa è la stanza di Najima!"

Sara si guardò intorno, senza particolare interesse.

"Che cosa hai, Hannane? Ti vedo arrabbiata, delusa, offesa. Te ne vai in giro con una faccia strana."

Hannane sciolse a sua volta il velo.

"Non sono questi i sentimenti che provo!"

"E allora cos'è che ti sta divorando?"

La ragazza incrociò le mani per poi appoggiarsele in grembo, quasi in segno di preghiera.

"So che hai deciso d'andare via e sono consapevole d'essere stata una sciocca a pensare di poterti trattenere, in qualche modo. Però, vorrei poterti raccontare un'altra verità, quella che ho dovuto nasconderti, per assolvere un compito che mi era stato affidato."

Sara la guardò aggirarsi per la stanza. Sembrava una belva ferita che cercava una via di fuga.

"Ti ho già raccontato che mia madre morì nel mettermi al mondo e che mio padre, già vecchio quando sono nata, seguì la stessa sorte quando avevo all'incirca nove anni!"

Sara le fece segno di ricordare quei particolari.

"Ammar, da quel momento, divenne il capofamiglia, ma era troppo giovane per prendersi cura di due fratelli adolescenti e di una ragazzina cresciuta in fretta, senza la giusta guida. Così, ricordandosi dell'amicizia che univa tuo nonno a mio padre, ha chiesto aiuto a lui. Quando sono arrivata in questa casa, non ero precisamente un ospite."

Hannane studiò l'espressione di Sara, che restava in silenzio ad ascoltare.

"La seconda moglie di tuo nonno era una donna acida e vendicativa, che mi vide da subito come una minaccia. Così fece di tutto per rendermi la vita impossibile. Non perdeva occasione per umiliarmi, schiaffeggiarmi e offendermi in tutti i modi. Diceva che Allah mi avrebbe punita, per quello che le stavo facendo. Furono anni tremendi, vissuti in grande solitudine. Non potevo confidarmi con nessuno e non volevo, a nessun costo, tornare a casa, con i miei fratelli."

"Perché senti il bisogno di raccontarmi queste cose?"

"Perché non voglio che ci siano più bugie tra di noi!"

Hannane le si sedette accanto, evitando di guardarla negli occhi.

"Quando quella donna mi sbraitava quelle calunnie, non riuscivo a reagire. Il peso delle cose, di cui mi accusava, mi schiacciava facendomi vergognare. Solo più tardi ho compreso che le sue non erano solo frustrazioni di una moglie gelosa."

"Cosa mi vuoi dire?"

"Appena compiuti sedici anni, mio fratello mi ha concessa in sposa...", Hannane la guardò dritta negli occhi, "a tuo nonno..."

Sara si sentì mancare. Le guance persero colore. Ebbe come l'impressione che il flusso sanguigno fosse stato richiamato indietro dal cuore per prepararsi ad un lungo galoppo.

"Dio mio Hannane! Sei la vedova dell'uomo che ha sconvolto la vita di tre donne, me compresa. Come cazzo fai a startene lì impalata, mentre mi confessi questa sconcertante verità? Come puoi?"

Sara si alzò. Starsene lì ferma, vicino alla ragazza, rappresentava la cosa più sconveniente del mondo.

"Capisco, se adesso provi ribrezzo... Ma ti prego, lascia che ti spieghi!"

"Sai solo mentire. Non posso più credere ad una sola parola!"

"Non posso biasimarti!" Scosse la testa rassegnata.

"Anzi no. Voglio sentirti dire tutte le cazze che ti eri preparata. Dai Hannane, sono qui. Dimmi!"

"Non credo sia il caso di proseguire questa conversazione. Hai già deciso e mi hai condannata. A cosa servirebbe?"

"Servirebbe a me per capire fino a che punto riesci a spingerti ."

Hannane si spostò, per dirigersi verso la porta d'uscita, ma Sara le si piazzò davanti.

"E no, cara mia. Adesso resti e finisci quello che hai iniziato!"

"Lasciami andare!"

Ma la ragazza restava impalata, con uno sguardo di fuoco. Hannane le si avvicinò e, prima che l'altra realizzasse quello che stava per succedere, la bloccò contro la porta col suo corpo. Si fissarono per un tempo che, a Sara, parve infinito.

"Vuoi sul serio trattenermi in questa stanza con te?"

Sara non rispose, ma la giugulare cominciò a pulsarle violentemente.

"Sembri un cerbiatto in trappola!"

Le poggiò delicatamente le labbra sul collo, in prossimità dell'orecchio. Seguendo una linea immaginaria, descrisse un percorso che, partendo dal lobo destro si arrestò sulle labbra. Non provò a baciarla. Rimase lì ferma a respirare dal suo respiro. Sara avvertiva il delicato profumo della sua pelle immergendosi in quello sguardo scuro e profondo come pozzi d'acqua. Fu lei a socchiudere le labbra per accoglierla. Si baciarono con passione, lasciando che i loro corpi si riconoscessero. Restarono imbrigliate in un'altra dimensione, dove nulla aveva più senso, dove il tutto era racchiuso nell'emozione che stavano provando. Era come approdare in un porto sicuro, dopo aver navigato in un mare in tempesta. Ecco come si stava sentendo Sara, in quel momento, mentre l'altra la guidava dolcemente verso il letto. Non le importava più di nulla. Ogni suo pensiero era stato annullato dal desiderio per l'altra.

Non le importava nemmeno che, da quel momento, avrebbe dovuto chiamare ogni cosa col proprio nome. Ricambiò, ebbra di passione, ogni bacio, carezza, sussurro che l'altra le donava con tanta maestria, dimentica di tutto il resto. Si amarono liberamente, consapevoli di appartenersi. Alla fine, sfinite, si addormentarono, l'una nelle braccia dell'altra, come se fosse la cosa più naturale del mondo.

Le prime luci del nuovo giorno entrarono ad illuminare la stanza. Sara fu la prima ad aprire gli occhi. Un sorriso le illuminò il volto nell'accorgersi che Hannane le dormiva accanto. Aveva un respiro regolare ed i lineamenti del volto distesi. Rimase ad osservarla, facendo attenzione a non muoversi per non svegliarla. Che le era successo? Si era ritrovata ad amare con un'intensità sconosciuta. Un brivido di piacere le scese lungo la schiena ripensando alla ragazza che dormiva nel suo stesso letto. Si sforzò di ritrovare il volto di Paolo nei suoi pensieri. Ma nulla di quello che aveva vissuto con lui poteva essere paragonato all'intensità del sentimento che provava per Hannane. Perché ormai, ne era certa, amava con tutta se stessa quella ragazza e mentirsi non l'avrebbe più salvata da se stessa. Le sfiorò il viso delicatamente con un bacio.
"Ben svegliata!"
Hannane le sorrise, ma nell'accorgersi dell'intensità con cui l'altra la fissava, si preoccupò.
"Sei ancora arrabbiata?"
Sara le depose un bacio sulle labbra.
"Non voglio che ci siano più segreti tra di noi!"
Hannane la strinse a se.
"Ho solo un'altra confessione da farti!"
Sara si mise sulla difensiva, spostandosi di qualche centimetro dal corpo dell'altra.
"Cioè?"
"Ti ho amata dal primo momento che hai messo piede nella mia vita. Ho provato a combattere questo sentimento. Me ne sono anche vergognata. Ma non c'è stato nulla da fare... Quando ti vedevo piangere, soffrire, ribellarti il mio cuore sanguinava. Avrei voluto annullare tutto. Sono stata tentata molte volte di rimandarti indietro pur di vederti serena. Ma ormai ci eravamo spinti troppo oltre...

E poi quando sei sparita e ti abbiamo ritrovata in fondo a quel precipizio… il mio cuore si è fermato, pensavo fossi morta… Ti ricordi i segni che ti mostrai sulla mia schiena?"

Sara annuì.

"Nessuno mi aveva picchiata. Mi sono calata senza aspettare nessuno. Ero come impazzita dal dolore…."

"Ma mi hai lasciato credere che tuo fratello ti avesse picchiata per colpa mia!"

"Ti ho lasciato credere tante cose, per il tuo bene. Non ti saresti mai fidata se avessi saputo, sin da subito, chi sono."

La ragazza la fissò cercando una risposta nei suoi occhi.

"Vedi, avevo ragione! Avevo promesso a tuo nonno che l'avrei aiutato a morire in pace e per far ciò avevo bisogno di portarti da lui. Voleva conoscere la figlia di Najima. Vedere il suo volto…."

"Hai finito?"

"Ho mille altre cose da dirti e mille cose da farmi perdonare."

Sara la zittì baciandola. Le sfiorò il viso delicatamente, lasciando che il sentimento nuovo e travolgente che sentiva per lei guidasse la sua mano. Prima con gesti delicati, quasi timidi, poi con sempre maggiore passione.

I baci, adesso diventati più esigenti, seguivano il ritmo delle mani che non smettevano di cercarsi, esplorarsi per ritrovarsi. Credette d'impazzire quando si spinse sul ciglio del precipizio per poi ritornare indietro. Provò, per la prima volta, un trasporto tale, da coinvolgere corpo e mente, ma fu soprattutto la sua anima ad essere proiettata in una dimensione surreale. Era come morire, perdersi dentro una sensazione d'infinito. Hannane continuava ad esplorare sapientemente ogni angolo più nascosto, punti a lei sconosciuti, che la tramortivano regalandole meravigliose sensazioni. Avrebbe voluto cristallizzare quei momenti, che il tempo si fermasse a quell'istante. Hannane e lei intrappolate in un vortice di passione che apparteneva solo a loro. I loro sguardi infuocati s'incrociarono. Non sarebbero bastate mille parole a descrivere ciò che stavano vivendo. Sara la spinse delicatamente di lato. Sentiva la necessità di regalarle un po' più di se stessa. La baciò, l'esplorò minuziosamente, succhiò quel nettare che per troppo tempo le era rimasto sconosciuto. Il culmine del piacere le tramortì lasciandole sfinite.

Si accoccolarono l'una nelle braccia dell'altra, ognuna a rincorrere i propri pensieri.
Sara sentì una grossa lacrima scenderle veloce sul viso.
Hannane la guardò perplessa.
"Che ti succede?"
Sara le sfiorò le labbra con un bacio.
"Credo di essermi persa per sempre."
Un velo di tristezza scese sugli occhi di Hannane.
"No aspetta… non hai capito… mi sono persa dentro un amore che non credevo possibile… Hannane io ti amo!"
Quelle parole quasi sussurrate ebbero un effetto sconvolgente. Hannane cominciò a riempirla di piccoli baci.
"Non speravo più di sentirtelo dire."
Rimasero per un tempo incalcolabile strette l'una all'altra, in silenzio.
"Che pensi?"
Hannane giocherellava con una ciocca di capelli di Sara.
"Penso che dovremmo alzarci, prima che la cameriera venga a rifarmi la stanza. Non voglio immaginare lo scandalo sorprendendoci nude nel letto!"
Hannane le sorrise, mentre le stringeva la mano che aveva appoggiata dietro la nuca.
"Ti sconvolgerebbe sapere come sia consuetudine per le donne della nostra società trovarsi delle care amiche che le aiutino a sopportare il peso di un matrimonio contratto per dovere."
"Minchia! Ma allora tu…."

"Non è che mi fai la gelosa?"
Risero come due bimbe che avevano appena immerso le dita nella marmellata.
Sara si girò su di un fianco appoggiando la mano sotto la testa.
"Sai che in qualche modo siamo parenti?"
"Parenti?"
"Certo, tu hai sposato l'uomo che ha generato la donna che ha generato me. Facendo due conti, dovresti essere una specie di *nonnastra*."
Sara le schiacciò l'occhio, ma la ragazza la fissò perplessa.
"In effetti non ci avevo pensato! Credi che finiremo all'inferno per questo?"
Stavolta era Sara che non capiva il tono dell'altra. "Tranquillizzati, Allah è grande e non punisce due donne solo perché si amano."
"Allah magari no! Ma i tuoi fratelli e i figli del tuo defunto sposo? Come reagirebbero se sapessero di noi?"
"Cosa dovremmo fare?"
Sara si tirò su a sedere poggiando le spalle sul morbido cuscino.
"Vieni via con me!"
"Con te, dove?"
"In Sicilia. È vero anche lì avremo dei problemi. La gente sparlerà, s'indignerà voltandosi dall'altra parte al nostro passaggio, ma alla fine, come avviene per tutte le cose, si dimenticherà di noi e ci lascerà vivere in pace. Dirò tutto ai miei genitori, sono sicura che capiranno!"
"Non posso lasciare tutto e venire via con te!"
"Perché?"
Hannane si voltò, dandole le spalle. Rimase in silenzio forse alla ricerca delle parole giuste.
"Non c'è un perché che possa spiegarti i doveri che mi trattengono. Diciamo che, in qualche modo, sono gli stessi che ti spingono a tornartene a casa."
"Quindi, non c'è soluzione!"

Hannane sollevò stancamente le spalle.

"Non al momento!"

La gioia che avevano provato fino a quel momento lasciò il posto ad un'angoscia soffocante. Hannane si scostò lentamente per scendere dal letto. Cominciò a recuperare i vestiti che erano rimasti sparsi sul pavimento. Ci mise un'eternità a rivestirsi, nella speranza che Sara la fermasse dicendole qualcosa per rassicurarla. Ma la ragazza rimase in silenzio, stordita dal peso di un evento che ormai riteneva inevitabile.

Hannane si voltò. Gli occhi annegati dalle lacrime le offuscarono la vista impedendole di vedere che anche Sara stava piangendo.

"Ti aspetto giù per la colazione!"

Richiuse la porta dolcemente, senza aspettare risposta.

18

L'aereo, che l'avrebbe ricondotta in Sicilia, decollò da Rabat-Salé alle 10.40 del mattino successivo. Hannane si era rifiutata d'accompagnarla. Sosteneva che il suo cuore non avrebbe retto vedendola andar via. Si abbracciarono velocemente, baciandosi sulle guance, sotto lo sguardo vigile di Ammar. Le aveva sorriso con cortesia, mentre lo stomaco le si attorcigliava ed un enorme peso la sprofondava in un'enorme voragine. "Non dimenticarti di me", furono le ultime parole che Hannane le sussurrò all'orecchio con voce rotta. Poi le aprì la mano. "Questa ti appartiene", e depose il dono che le aveva fatto a Natale. "Indossala, sarà come se mi portassi sempre con te…." Sara strinse la collana, con forza, mentre le lacrime si affacciavano prepotenti.

Alle 14.30, di una meravigliosa giornata primaverile, l'aereo atterrò al Fontanarossa. Attese stancamente le procedure di sbarco, in preda ad una crescente ansia che la soffocava. Hannane le mancava già tantissimo. Sentiva un bisogno costante di ritrovarsi nei suoi occhi. Ma aveva scelto di ritornare, nonostante la certezza che stava per condannarsi all'infelicità. Come poteva riordinare la sua vita, mentre lei stava lontana miglia! Negl'ultimi mesi era diventata la sua routine. Il suo tutto. Come poteva ricominciare a vivere senza di lei! Prese il piccolo bagaglio a mano, guardandosi intorno alla ricerca di un volto conosciuto. Si sentiva strana, come se stesse camminando sulle nuvole rischiando ogni momento di affondare dentro una fitta nebbia. Il vocio di persone che si cercavano, il rumore dei carrelli trasporta valigie, le voci dell'altoparlante che avvisavano gli arrivi e le partenze, la stordirono. Sembrava un pesce che, per sbaglio, si era arenato e cercava disperatamente di respirare. Rimase ferma, impalata, in mezzo al lungo corridoio che portava verso l'uscita non sapendo che fare.

"Sara...?"

Si voltò di scatto, ritrovandosi a pochi passi dai suoi genitori. L'espressione, che avevano stampata in volto, non lasciava adito a dubbi, erano scioccati. Sara si mosse incerta nella loro direzione.

"Dio mio! Sara, che t'hanno fatto?"

La madre ricoprì velocemente la distanza che li separava, per stringersela fra le braccia.

"Piano mamma, così mi fai male!"

Il padre, rimasto qualche passo indietro, era rimasto ad osservarla con un'espressione inebetita.

"Papà!"

"Scusami tesoro, sto cercando di convincermi che sei veramente qui!"

Sara gli tese la mano, che l'uomo afferrò per baciarla.

"Vorrei andare via da qui. Ci stanno guardando come fossimo degli alieni."

Il viaggio verso casa si svolse in un rumoroso silenzio. Non vista, persa alla ricerca del volto amato, lasciò che il dolore si inebriasse di un pianto silenzioso. Sorrise incrociando lo sguardo della madre, nello specchietto retrovisore, a cui non era sfuggito il suo malessere.

Rientrarono nella graziosa villetta dei genitori. Sul viale, antistante l'ingresso, vi trovarono posteggiata un'auto che Sara conosceva bene.

"Cosa sono venuti a fare?"

Il padre cercò il suo sguardo.

"Non sai quanto sono stati in pena!"

Sara sospirò rumorosamente.

"Li avrei incontrati, ma non subito! Sono stanchissima."

"Lo so tesoro! Gli diremo di ritornare domani. Va bene?"

Sara annuì, mentre si apprestava a scendere dall'auto. Il rumore delle portiere che venivano chiuse attirò l'attenzione degli ospiti che attendevano all'interno della casa. Il primo ad uscire fu Luigi, seguito dalla moglie Marisa e per ultimo Paolo. Lì guardò avanzare a grandi passi, mentre elaborava un modo veloce per scappare. Ma restò ferma, con un sorriso falso stampato su un viso tirato per le troppe emozioni che stava vivendo. E non tutte erano positive.

"Bentornata a casa, figliola!"

Luigi l'abbracciò vigorosamente. L'ultima volta che si erano visti, erano volate parole pesanti e Sara ne sentì tutta la vergogna.

"Grazie!"

Marisa, secondo la sua natura, molle e insipida, vissuta all'ombra di un uomo potente, le strinse debolmente la mano. La migliore manifestazione di affetto che riuscisse ad esternare. Sara fissò Paolo, rendendosi conto, solo in quel momento, di quanto somigliasse alla madre. Il ragazzo era rimasto qualche passo indietro, aspettando diligentemente il momento di farsi avanti. L'osservò, provando tanta pena. Avanzò. La ragazza, notò un certo imbarazzo nei suoi gesti, ma non fece nulla per aiutarlo. Si abbracciarono impacciati.

"Ho pregato tanto, affinché potessi far ritorno sana e salva…." La voce gli tremava leggermente. L'odore dell'uomo, che un tempo credeva d'amare, la infastidì. "Ho tante cose da raccontarti… Ho riflettuto molto in questi mesi…."

Si staccò da lui, indietreggiando di qualche passo. Lo guardò rattristata. Non era cambiato nulla. Paolo anteponeva le sue esigenze al resto del mondo.

"Certo!" Guardò suo padre negli occhi, in cerca di conforto. L'uomo le sorrise.

"Vi ringrazio, davvero, per esservi premurati a venire, e vorrei potermi intrattenere di più, ma sono sfinita e vorrei distendermi."

Luigi l'abbracciò e, in quella stretta, avvertì un sincero affetto.

"Hai ragione! Eravamo così ansiosi di rivederti, che non abbiamo pensato avessi bisogno di startene tranquilla con i tuoi genitori."

Marisa le appoggiò delicatamente la guancia alla sua, per salutarla. Era quell'atteggiamento insipido che la rendeva insopportabile ai suoi occhi. Quante litigate si erano fatti per lei! Marisa, dai capelli cotonati e le unghie immacolate. La donna che, dietro un sorriso compiaciuto, nascondeva l'innata antipatia che aveva nei suoi confronti, perché non all'altezza dell'adorato figlio.

"Grazie a tutti."

I convenevoli si risolsero in fretta. Strette di mano e pacche sulle spalle tra i tre uomini. Richiusa la porta di casa alle loro spalle, finalmente Sara riuscì ad allentare la tensione.

La casa dei genitori si trovava in un ridente paesello ai piedi della grande montagna. Una zona residenziale silenziosa, abitata per lo più da professionisti.

"Ci sono stati dei momenti in cui ho temuto di non poter più far ritorno."

"Tesoro!"

La madre l'abbracciò, mentre gli occhi le si riempivano di lacrime.

Sara si guardò intorno, nulla era cambiato, ma fu pervasa da una spiacevole sensazione di estraneità. Quei colori, quegli odori che caratterizzavano l'ambiente e che in passato avevano rappresentato un rifugio sicuro, le trasmettevano sensazioni sconosciute.

"Avevo fatto preparare un arrosto per pranzo..." La donna consultò l'orologio che aveva al polso, "ma vista l'ora, forse sarebbe meglio lasciarlo per la cena. Però, posso prepararti qualcosa al volo."

"Adesso non ho fame, magari dopo." Si tolse il foulard che le copriva il capo. "Ho bisogno di una doccia calda!"

La madre l'osservava con espressione da cane bastonato.

"Che hai, mamma?"

La donna si lasciò cadere su una sedia incapace di trattenere le lacrime.

"Non puoi capire il dolore vissuto, giorno dopo giorno, sapendoti nelle loro mani."

"Non mi hanno fatto del male!"

"Lo so!"

Sara le andò vicina accovacciandosi ai suoi piedi per poterla guardare negli occhi.

"Tu sapevi dov'ero!"

La madre annuì, mentre le lacrime presero a scenderle veloci.

"Quindi non avete fatto nessuna denuncia di scomparsa?"

Il padre, appena entrato dalla porta sul retro, rimase in disparte ad osservare la scena.

"Se avessimo denunciato il tuo rapimento saremmo finiti in grossi guai!"

L'uomo le rispose sommessamente, consapevole di una verità che faceva male.

"Capisco!"

"Non puoi capire, Sara! Non puoi, se non ascolti anche la nostra versione dei fatti!"

La madre l'implorava con gli occhi. Non l'aveva mai vista così esposta ed indifesa. Lei, così inflessibile e sicura di tutto, che riusciva a starsene in sala operatoria per sedici ore di fila, senza battere ciglio. La stessa donna che l'aveva cresciuta, nella convinzione di non farle moine per non renderla debole. La stessa per la quale aveva pianto fino a non avere più lacrime, nella convinzione di essere un fallimento ai suoi occhi. Ecco, quella donna era lì davanti a lei. Gli occhi gonfi dal pianto e il naso rosso, il mascara colato agli angoli degli occhi e il rossetto sbavato. Quell'immagine la riportò indietro in Marocco da Hannane.

"Non ti mettere sulla difensiva! Ho bisogno della vostra versione per ricomporre un'esistenza che è andata in mille pezzi. Ma adesso vorrei farmi una lunga e calda doccia. Posso?"

La donna abbozzò un sorriso.

"Temevamo ci avresti odiato!"

Sara accarezzò amorevolmente il viso della madre.

"Non vi ho mai odiato, nemmeno per un attimo."

Le diede un bacio e s'allontanò in direzione della sua vecchia stanza situata nel piano superiore.

Rimase sotto il getto dell'acqua calda più del dovuto finché le dita della mani e dei piedi non le si raggrinzirono. Si aggirò per la stanza in accappatoio prendendo e spostando tutti gli oggetti che erano appartenuti alla sua infanzia. Osservò le foto appese alla parete. Lei, sul fasciatoio mentre si mordicchiava un piedino. Al mare in braccio al padre, mentre le insegnava a nuotare. Ritagli di un passato che, adesso, necessitava di un inizio per essere completo.

Si sdraiò sul letto e chiuse gli occhi, per un attimo.

"Quando sei arrivata?"

"Credevi sul serio che ti avrei lasciata andare?"

Hannane le sorrideva in quel modo misterioso che le faceva brillare gli occhi.

"Ho sperato fino alla fine di vederti salire su quel volo!"

"Lo so, per questo sono qui."

Sara provò ad alzarsi per abbracciarla ma qualcuno o qualcosa le impediva i movimenti. Si agitò talmente tanto da svegliarsi. Le ci volle qualche secondo per rendesi conto di stare solo sognando. Si liberò dell'accappatoio che, nel sonno, le si era attorcigliato addosso come una camicia di forza. Ritrovò i suoi adorati jeans e nell'indossarli si rese conto di quanto il suo corpo fosse cambiato. Raggiunse i genitori in cucina. Li trovò seduti al tavolo.

"Ti sei riposata?" Il padre spostò una sedia per averla accanto.

"Diciamo che sono sprofondata in una sorta di limbo che mi ha fatto risvegliare più stordita di prima!"

"Abbiamo fatto il caffè, ne vuoi?"

Sara prese la tazzina che la madre le porgeva.

"Avevo dimenticato il buon odore del caffè appena preparato."

Lo sorseggiò con calma accompagnandolo con una fetta di torta alle mele che stava sul tavolo.

"Chi l'ha fatta?"

"Marisa."

Fece uno sforzo per non soffocarsi. Il solo sentirla nominare le metteva addosso una spiacevole sensazione.

"Ti va se parliamo un po'?"

"Certo!"

I due si guardano scambiandosi un'occhiata furtiva.

"Per noi non è semplice affrontare questo discorso. Sappiamo di avere tante colpe e siamo consapevoli che ciò che è stato fatto non potrà mai essere cambiato."

Sara osservava i volti tirati dei genitori.

"Ascoltate, ho vissuto di tutto durante quella che non sarebbe neanche il caso di chiamare prigionia. Ho avuto tanto tempo per pensare, soprattutto per riflettere su me stessa e sulle cose che ho lasciato che succedessero. Nessuno vi sta accusando di niente! La mia voglia di sapere nasce dal fatto che, laggiù tra quella gente, ho ritrovato una parte di me che nemmeno sapevo esistesse."

L'uomo poggiò la sua mano grande scurita dal tempo su quella piccola della figlia in cerca di un conforto reciproco.

"Quando ho incontrato Najima mi ero appena laureata ed avevo l'urgente bisogno di placare l'ansia di salvare il mondo. Così, quando mi è stata affidata quella ragazzina dallo sguardo triste e smarrito, ho provato l'immensa gioia di essere indispensabile per qualcuno. Non ti so spiegare per quale motivo mi è entrata subito nel cuore. Ma aiutarla mi dava un'immensa gioia."

Osservò Sara per qualche attimo.

"In certi momenti rivedo i suoi occhi nei tuoi."

Rigirò parecchie volte la fede nell'anulare mentre inseguiva i suoi ricordi.

"Tuo padre era stato assunto in un importante studio d'ingegneria della città ed io avevo da poco finito la specialistica. Era tutto talmente perfetto che abbiamo pensato di ritornare un po' della nostra fortuna a chi non ne aveva avuta. Per questo l'abbiamo portata a vivere da noi, per darle un po' della nostra serenità. Najima parlava poco del suo passato e ancora meno della sua famiglia. Non abbiamo fatto altro che rispettare il suo bisogno di dimenticare."

Il padre sorseggiò lentamente le ultime gocce di un caffè diventato ormai freddo.

"Una notte fummo svegliati dalle sue urla. Piangeva e si lamentava per un forte dolore allo stomaco. Ho capito subito che non si trattava di una semplice indigestione, così l'abbiamo portata da Luigi alla clinica. Durante gli accertamenti a cui l'abbiamo sottoposta è risultato che era al quinto mese di gravidanza. Ma non è stata l'unica sorpresa che Najima aveva in serbo per noi."

La donna afferrò un fazzolettino, dal portatovaglioli che si trovava sul tavolo, per asciugarsi gli occhi.

"Non sapeva d'essere afflitta da un grave deficit cardiaco e quella notte subì il primo di una serie d'infarti che l'accompagnarono per tutta la gravidanza." Si alzò dal tavolo per prendere un bicchiere d'acqua. "Eravamo sconvolti. La situazione generale di Najima le impediva di portare avanti la gravidanza. Il rischio che il cuore cedesse per l'enorme stress, era altissimo."

La madre si avvicinò al padre per cercare un contatto.

"Abbiamo provato in tutti modi di farle capire che interrompere la gravidanza era l'unica sua speranza di salvezza." Scosse la testa tristemente. "Quando ha sentito il tuo cuoricino battere, si è paralizzata dalla gioia. Quel ritmo rapido le dava la certezza della tua esistenza. Mai avrebbe rinunciato a te, neanche per avere salva la vita."

Sara sentì una voragine aprirsi sotto i piedi. Le parole della donna la colpirono come un violento schiaffo in pieno volto.

"Le abbiamo chiesto del padre della bimba. Volevamo trovarlo affinché ci aiutasse a farle cambiare idea. Ma ogni volta che toccavamo quest'argomento si chiudeva a riccio, gli occhi le diventavano tristi ed alzava un muro invalicabile."

Sara si versò dell'acqua. Sentiva un nodo alla gola che stringeva sempre di più.

"Ripeteva in continuazione "*Inshallah*" ed era il suo modo d'accettare un disegno supremo a cui lei non poteva sottrarsi. Sapeva che farti nascere significava rinunciare alla sua vita. Ne era a conoscenza. Non l'ho mai vista piangere. Non ho mai sentito un lamento."

Il padre le poggiò la mano sulla spalla.

"Ti ha amata tantissimo…." La fissava cercando di capire quali emozioni stava vivendo.

"È stata lei che ha deciso che fossimo noi i tuoi genitori. Non voleva che ti adottassimo. Ha posto solo questa condizione. Non doveva comparire il suo nome in nessun certificato. Tu dovevi essere solo nostra."

"Perché?"

"Credo che volesse proteggerti da quel mondo da cui era scappata. Se fossimo stati noi i tuoi genitori, nessuno avrebbe mai scoperto la verità sulle tue origini."

Aveva inavvertitamente alzato il tono di voce. Lo stress le aveva tirato i lineamenti del volto. Sara comprese che anche la madre stava facendo i conti con i propri fantasmi.

"Non ho mai sospettato niente! Come siete riusciti ad ingannare tutti?"

Sara sussurrò quelle parole con un filo di voce.

"Luigi ha provveduto alla sostituzione del some di Najima col mio. Qualsiasi accertamento le veniva prescritto a
nome di Maria Cardelli."
"E la tua gravidanza, come l'avete simulata?"
La donna sorrise tristemente al pensiero di ciò a cui si era
sottoposta.
"Ho indossato un pancione di lattice."
"Raccontata così, sembra la cosa più semplice de mondo!"
"Ma non lo è stato, credimi. Ogni giorno l'abbiamo vissuto col terrore che prima o dopo qualcuno avrebbe scoperto l'inganno. Abbiamo vissuto nell'angoscia! La mia parte
razionale mi metteva in guardia sul fatto che tutti, alla
fine, abbiamo un conto da saldare alla vita. Per questa
folle idea, dal primo momento che ti ho presa in braccio,
mi sono convinta di non meritarmi quell'immensa gioia.
Stavo usurpando il ruolo di un'altra."
"Ti ho sempre vista come una donna fredda e razionale,
quasi inavvicinabile."
La donna la guardò stupita.
"Pensando che t'avrei persa ho trascorso il tempo ad
abituarmi alla tua assenza, invece di vivere ogni giorno
come un regalo!"
"Avete scelto, di non avere figli vostri?"
"No! Diciamo che a volte il buon Dio chiude una porta e
spalanca un portone. Non potevo avere figli. L'ho scoper-
to anni dopo quando ho provato a darti una sorellina che
ti facesse sentire meno sola."
Sara guardò i genitori provando un'enorme tristezza.
"Chi altri è al corrente della verità?"
La madre guardò il marito nella disperata ricerca di un
sostegno. "L'ostetrica che ha seguito Najima, l'ecografista
e naturalmente Marisa."
"Non temevate il tradimento di qualcuno di loro che, ma-
gari, per tirarsene fuori avrebbero potuto denunciarvi?"
Il padre si alzò per spostarsi ai fornelli portandosi la moka.
"Preparo dell'altro caffè!"

"Per me no. Sono già abbastanza agitata." La madre si sventolò una rivista davanti al volto per farsi aria.

"Non avete risposto alla mia domanda!"

"Il rischio di un loro ripensamento è stato controllato costringendoli a firmare un documento. La nostra rovina avrebbe causato anche la loro. Del resto non conveniva a nessuno la verità. Con la loro complicità avevamo salvato una bimba che, altrimenti, sarebbe finita in qualche casa famiglia in attesa di essere adottata. Najima non aveva nessuno che avremmo potuto contattare perché fino alla fine si è rifiutata di rivelarci chi era e da dove veniva. Solo ultimamente abbiano scoperto il suo vero nome! Cosa avremmo dovuto fare?"

Sara si alzò per raggiungere il padre che si stava versando il caffè.

"Sai qual è la cosa strana? Vi ascolto raccontare una storia che ho l'impressione sia capitata a qualcun'altra! Non provo nessuna particolare emozione. Magari un po' di pena per quei poveri ragazzi, nient'altro. L'assenza di empatia con chi mi ha messo al mondo dovrebbe preoccuparmi! Ma la verità è che ho vissuto talmente nella normalità con voi che siete l'unica famiglia che potrei mai riconoscere!"

La madre le andò vicino nello stesso momento che il braccio del padre la circondava creando un cerchio protettivo.

"Non sai il peso che ci stai togliendo dal cuore! In questi mesi ho immaginato mille volte questa scena ed ogni volta uscivi di casa urlandoci contro il tuo odio!"

"Non ho nulla di cui rimproverarvi e sareste stupiti di sapere quanto poco è rimasto della vecchia Sara!"

Risero insieme consapevoli che il sottile confine che li aveva sempre separati era stato annullato per sempre.

"Un'ultima cosa. Era di questo che volevate parlami quel disastroso lunedì. Giusto?"

La madre annuì ripescando il ricordo che sembrava avesse voluto rimuovere.

"È stato tremendo! Luigi aveva ricevuto un incartamento dettagliato, corredato di foto e certificati. Sapevano tutto. Quando ci ha chiamati per avvisarci, era distrutto. Sapeva che da lì a poco sarebbe esplosa la bomba che avrebbe sconvolto la vita di tutti."

"Chi gli ha dato i documenti?"

"Sono stati consegnati in clinica, da un corriere. Era un pacco anonimo, imballato come ne arrivano decine ogni giorno. Siamo sommersi da dépliant di case farmaceutiche. Per questa ragione, quando la segretaria ha firmato la ricevuta, non sospettandone l'importanza, l'ha riposto insieme agli altri. Credo sia rimasto dimenticato lì per settimane. Ti ricordi, il periodo tremendo che stavamo vivendo? Luigi, per stare dietro a suo figlio, si assentava spesso dalla clinica. Purtroppo, il nostro silenzio è stato vissuto come un affronto, una sfida a ciò che potevano fare. Ma noi non sapevamo nulla della ricerca che aveva portato avanti il padre di Najima. L'avevamo sempre vista come una profuga senza affetti!" La madre le prese la mano. "Non accettammo d'incontrarli solo perché non ne sapevamo nulla! Quella mattina che sei rientrata in ospedale è coincisa con la scoperta del plico. Eravamo tutti terrorizzati. Non sapevamo fino a che punto potessero spingersi."

"Se ripenso a tutte le cattiverie che ho insinuato sul vostro conto!"

L'uomo guardò perplesso la madre. Era evidente che fosse all'oscuro di ciò che era successo prima del suo arrivo in ospedale.

"Siamo stati maldestri. Non abbiamo avuto il tempo materiale per trovare le parole giuste... e dopo che ti sei sentita male abbiamo ritenuto più opportuno affrontare l'argomento appena ti fossi ripresa... Non pensavamo fosse già troppo tardi... Il resto della storia lo conosci già!"

La madre si coprì il volto con entrambe le mani. Il peso di ciò che avevano sopportato, durante la sua assenza, l'aveva segnata profondamente. "Non potevamo andare alla polizia. Sarebbe stata la nostra fine. Nella lettera, che abbiamo trovato insieme ai documenti, erano stati chiari. Una parola in merito e avrebbero consegnato tutto alle autorità, facendo scoppiare un caso internazionale. Avrebbero coinvolto anche l'ambasciata marocchina. Le loro minacce erano supportate da documenti che avevano raccolto nell'arco di tutti questi anni. Sono stati in grado di avere anche il test del DNA che conferma che sei la figlia naturale di Najima." "Non ti torturare in questo modo, mamma! In questi mesi ho imparato una parola «*Inshallah*» che tradotto dovrebbe significare «*Sia fatta la volontà di Dio*» ed è questo che credo, che ogni attimo della nostra vita è stato scritto prima della nostra nascita. Puoi solo ritardare il momento, ma prima o poi dovrai passare per quella strada che ti condurrà a vivere la vita che ti era stata assegnata." Non era mai stata fatalista. Prima dell'esperienza in Marocco era un'accanita sostenitrice della tesi "Sei tu l'artefice del tuo destino." Bè in fin dei conti poteva anche essere vero ma solo in parte, perché quei mesi le avevano insegnato che nulla succede per caso e tu puoi solo fare in modo che succeda nei migliori dei modi.

19

L'estate era ormai alle porte ma faceva già caldo come fossero in pieno luglio. Come erano soliti fare ogni anno i Darusso si trasferirono nella loro casa al mare. Sara, accettando l'invito dei genitori, li seguì in quella che era stata la meta preferita delle sue vacanze estive quando ancora liceale aspettava quel momento per sentirsi libera.

Sulle spiagge del litorale gli operai si apprestavano a montare i primi lidi. Sembravano tante piccole colonie di formiche che si affaticano nella disperata ricerca di costruirsi un riparo sicuro. Sara li osservava lavorare durante le lunghe passeggiate che faceva al mattino presto, quando l'aria salmastra le riempiva i polmoni e le scompigliava i capelli. Ascoltare lo sciabordio delle onde che, ritmicamente, s'infrangono a riva, le placava il tormento dell'anima.

Si era alzata presto, quella mattina, in preda ad un malessere interiore a cui preferì non dare voce. Si preparò un caffè spostandosi in veranda. Restò affascinata dalla vista del sole che lentamente sorgeva dal mare, donandogli le varie sfumature del rosso.

"Come mai sei già in piedi?"

Sara si voltò a guardare il padre.

"Le zanzare hanno banchettato con me, questa notte!" Gli mostrò le gambe martoriate da piccoli puntini arrossati.

L'uomo le sorrise compassionevole.

"Che programmi hai per oggi?"

"Nulla di preciso."

"Se vuoi andare in città ti lascio la macchina. A me non serve!"

"Non vai al lavoro?"

"Tua madre vuole che l'accompagni ad un convegno di medici a Messina." Alzò gli occhi al cielo rassegnato.

"Non t'invidio!" Lo baciò sulla guancia. "Preparo la colazione."

"Grazie tesoro. Vado a svegliare la bella addormentata." Le strizzò l'occhio mentre si allontanava.

Rimasta da sola il peso dei pensieri le divenne insopportabile. Erano giorni che rimuginava sul fatto di voler mettere ordine in tutte quelle cose che erano rimaste dentro un limbo. Sospese in attesa di una svolta.

La casa della famiglia De Felice si trovava a meno di un chilometro dalla loro ed era facilmente raggiungibile percorrendo uno stretto passaggio tra i canneti. Si ritrovò a percorrere quella strada, spinta da una forza sconosciuta. Si fermò sotto il portico, incerta se bussare o tornarsene indietro. Non le occorse decidere.

"Sara!"

Lo guardò sbadigliare, segno che si era appena alzato. Indossava un completo bianco con maglietta e pantaloncini e delle infradito blu. Restò qualche attimo a metabolizzare lo stupore di vederselo davanti, in un atteggiamento a lei molto familiare. I capelli color miele gli ricadevano scompigliati davanti agli occhi. Sara constatò che dall'ultima volta erano notevolmente allungati. Sorrise.

"Mi dispiace, forse non sarei dovuta venire!"

Il ragazzo uscì fuori richiudendosi la porta alle spalle.

"Dispiace a me non averti chiamato! Non sai quanto sono sollevato nel vedere che stai bene." L'abbracciò cautamente. "Vieni, spostiamoci, mia madre sta ancora dormendo."

Un piccolo giardino coltivato a limoni si trovava sul retro della casa. Paolo aprì il cancelletto di ferro e l'invitò ad entrare. In un angolo un pergolato di viti regalava una fresca penombra.

"Mi sei mancata!" Le andò vicino e prima che Sara realizzasse le sue intenzioni, la baciò. Rimase immobile, stordita dal malessere che l'inopportuna intimità le procurava.

"Che hai?" Il ragazzo la fissava incredulo.

"Non sono sicura del perché mi trovi qui. Forse sono alla ricerca di conferme."

Paolo si appoggiò al muretto che delimitava la proprietà.

"Conferme, su cosa?"

"Su noi... su quello che mi sta succedendo!"

"Hai ragione, sono uno stupido! Mi sono sentito talmente in colpa che, nel riaverti qui, è stato come fare un salto nel passato. Ma non credo bastino delle scuse per rimettere tutto a posto!"

"Da quando sei andato via, la mia vita è stata investita da uno tsunami... Ogni certezza è andata in frantumi."

"Lo capisco e mi tormenta il pensiero del male che ti ho fatto. Ma credimi, siamo ancora in tempo per rimediare a tutto...."

"Non sai per quanto tempo ho pregato di sentirti dire queste parole!"

Paolo la cinse in un abbraccio vigoroso che alla ragazza non piacque.

"Sono qua e ti sto chiedendo di perdonarmi... Rimettiamoci in gioco. Ricominciamo dal punto dove stare insieme era l'unica cosa che c'importava!"

"Non sono più quella persona!"

"Sei solo arrabbiata."

"Parli con semplicità di dimenticare tutto quello che abbiamo vissuto. Obliare le ferite che ci siamo inferti. Restare incoscienti dinanzi al male fatto alle nostre anime!"

Sara osservò il volo solitario di una colomba. "Però, laggiù, tra persone sconosciute, ho ritrovato un po' di pace che credevo di non meritare."

Il ragazzo la fissava con aria triste.

"Non m'importa se sei stata di un altro... Non ho alcun diritto d'incazzarmi per questo... A volte rabbia, frustrazione ma, soprattutto, solitudine fanno prendere decisioni assurde...."

"Cosa mi vuoi dire?"

Sospirò, cercando le parole giuste.

"Ero furioso con te e tutta quella rabbia mi ha reso una preda facile...."

"Non capisco."

"Anna, la mia collega di reparto... I sensi di colpa mi stavano uccidendo e lei mi ha teso una mano. Ma non significa niente!" Cercò i suoi occhi. La ragazza si sciolse dolcemente dal suo abbraccio. Le sue rivelazioni la lasciavano del tutto indifferente. Non provava nulla, era come sentire un vecchio amico raccontare le sue ultime avventure amorose.

"Dimmi qualcosa per piacere!"

"Sono sicura che, tra le braccia di questa donna, avrai compreso come la nostra storia fosse giunta ad un punto di non ritorno." Sara raccolse una piccola margherita, cresciuta tra i solchi delle vigne.

"Sara...."

"No scusami, lasciami finire! Ci siamo intestarditi nel portare avanti un legame le cui fondamenta erano fragilissime. Tanto fragili che, al primo scossone, non hanno resistito, frantumandosi inesorabilmente. Questo non è amore!"

"Aspetta, fammi capire una cosa! Mi stai dicendo che mentre eri rinchiusa, hai capito tutto questo?"

"In un certo senso, si!"

"Quindi?"

"Dobbiamo andare avanti, Paolo!"

"Chi è lui?"

"Lui, chi?"

"L'uomo che ti ha cambiata dentro! Mi è bastata un'occhiata, lì davanti casa tua, per capire che la vecchia Sara non esisteva più. Il tuo sguardo è cambiato! Non so spiegarti come, ma è cambiato!"

La ragazza si stupì dell'analisi accurata che le aveva fatto in così poco tempo. Non c'era mai riuscito in passato, troppo occupato a sfamare il proprio ego.

"Ti sbagli, non c'è nessun altro uomo."

"Non credi che, giunti a questo punto, potresti anche permetterti d'essere onesta con me?"

Paolo cercava di tenere sotto controllo l'ira che gli rimescolava il sangue. Il volto paonazzo contrastava col pallore della sua pelle.

"Effettivamente... c'è una persona."

"Non ti capisco! Prima non c'è, poi c'è. Mi prendi in giro?"

Sara lo guardò incerta se raccontargli o no tutta la verità. Alla fine decise che doveva sapere, per rispetto dei sentimenti che un tempo li avevano uniti.

"Il suo nome è Hannane... e non è un uomo...."

Paolo sgranò gli occhi sbigottito. Gli ci volle qualche minuto per superare lo shock. Alla fine si lasciò andare in una fragorosa risata.

"Ti prego, dimmi che mi stai prendendo in giro!"

Davanti al volto imperturbabile di lei, capì che non stava scherzando.

"Ma fai sul serio?" .

"Mi hai chiesto sincerità ed è quello che voglio fare. Basta con le menzogne, con i sotterfugi, con gli inganni. Hai ragione, quella Sara è morta il giorno che è stata rapita. Questa Sara ha deciso che sarà l'artefice della sua vita. Basta elemosinare briciole d'affetto, d'attenzione, per poi lamentarsi della fame che ti attanaglia l'anima. Da oggi non mi accontenterò più e, se dovessi sbagliare nuovamente, lo farò con la consapevolezza d'aver scelto di farlo."

"Credevo mi amassi!" Il ragazzo abbassò lo sguardo tristemente.

"Da quanto ci conosciamo, Paolo?"

"Da sempre!"

"È questo il punto. Il nostro rapporto è nato come conseguenza naturale dello stare sempre insieme. Le vacanze estive, le feste comandate, i compleanni. Abbiamo cercato di trasformare una cotta adolescenziale in amore eter-

no. Non sei d'accordo anche tu? Sul serio Paolo, pensaci un attimo. Cosa ci ha unito veramente?"
Il ragazzo fece un lungo sospiro.
"Non so che dirti!"
Sara posò la mano su quella di Paolo.
"Credo che la risposta sia sempre stata dentro di noi..."
La ragazza sorrise sollevata da un peso che l'opprimeva.
"Comunque... sono felice che non sia un uomo!"
"Perché?" Sara s'incuriosì
"Non credo avrei accettato di vederti con un altro!"
Si abbracciarono liberi dai fantasmi del passato.

I giorni si erano trasformati in settimane con la stessa velocità con cui la primavera aveva lasciato il posto ad un'estate afosa come non se ne vedevano da decenni, a sentire i meteorologi. Anche l'Etna pretendeva il suo momento di celebrità con una spettacolare colata lavica corredata da lanci paurosi di lapilli grandi come palline da ping-pong. Sara se ne stava delle ore sulla sua brandina in riva al mare a leggere in compagnia dei gabbiani, che di tanto in tanto scendevano in picchiata alla ricerca disperata di qualche pesce. Le capitava troppo spesso di fissare l'orizzonte con lo sguardo perso in un ricordo da fissare nella mente.
Dopo aver parlato con Paolo si era obbligata di raccontare ogni cosa ai suoi genitori. Quella sera, complice il caldo, avevano deciso di cenare fuori in veranda. L'aria afosa attirava i piccoli insetti che danzavano scompostamente intorno alle lanterne. Il suono delle piccole onde che s'infrangevano sulla battigia, spezzava il silenzio della serata.
Sara mangiava svogliatamente.
"Ieri ho visto Paolo!"
"Davvero?" La madre finì d'affettare il pane.
"Abbiamo finalmente chiarito...."
"Sul serio, tesoro? Non sai quanto mi rende felice questa notizia!"
Sara annuì, mentre giocherellava con la forchetta.

"Gli ho detto che amo un'altra persona…."
Il padre si versò un bicchiere di vino.
"Non capisco! È qualcuno che hai conosciuto prima d'andare via?"
Il padre sembrava confuso.
"Non prima… mentre stavo lì!"
La madre fissò il marito negli occhi, scambiando uno sguardo preoccupato.
"Un uomo che hai conosciuto mentre eri prigioniera?"
La donna passò il cestino col pane al marito, in ansia per la risposta che la figlia avrebbe potuto darle.
Sara prese una ciocca di capelli tra le mani per attorcigliarsela. Quel gesto la fece sorridere, ripensando ad Hannane che le faceva notare con quanta frequenza usasse quel diversivo per rilassarsi.
"Amo una donna…."
Fu un momento terribile. Il padre rischiò di soffocarsi a causa di un boccone di pollo rimastogli in gola, mentre la madre si accasciava goffamente sulla sedia. Era una scena surreale. Il padre si precipitò a soccorrerla, mentre Sara osservava impietrita. Di fronte alla loro reazione, sentì venir meno la determinazione. Era certa che la notizia li avrebbe sconvolti, ma non credeva fino a quel punto. Ci volle una buona mezzora prima che riuscissero a ritrovare la lucidità appropriata per affrontare la situazione.
"Non c'eravamo accorti di niente!"
Vide delle lacrime affiorare dagli occhi del padre mentre cercava di incassare il colpo nel migliore dei modi.
"Ma di cosa dovevate accorgervi? Anche per me non è stato facile accettare quest'amore. Ho provato a contrastarlo con tutte le mie forze. L'ho ignorato, maltrattato, offeso. Mi sono talmente impegnata che alla fine è diventato enorme. Non è un colpo di testa. Non è una ripicca. Non è un gioco… Amo quella ragazza con un'intensità da farmi male il cuore."

Per loro fu un improvviso temporale scoppiato in un giorno di sole. Davanti ai loro volti stralunati aveva cercato le parole giuste che spiegassero ciò che sentiva dentro.

"Prima di conoscerla, albergava un demone in me, che aveva impedito al mio cuore d'amare liberamente."

"E Paolo?"

"Paolo cosa, mamma?"

"Credevo l'amassi!"

"Lo credevamo anche noi. Ma non era amore. Chi ti ama affronta con te le paure, le incertezze. Chi ti ama non scappa...."

"Ha sbagliato a lasciarti sola...."

La madre si asciugò una lacrima.

"Ma non è solo colpa sua! Non posso addossargli tutta la responsabilità. Non sarebbe giusto! Sono scappata per prima. L'ho abbandonato quando avrei dovuto superare con lui l'incertezza del futuro. Gli ho voluto e gli voglio un bene immenso... ma non è l'amore che ti placa il cuore... Perdonatemi!"

La madre bevve un sorso d'acqua, cercando disperatamente qualcosa d'appropriato da dire.

"Ho provato l'orrore di perderti e la gioia immensa di ritrovarti... Sarei ipocrita se non ti dicessi che la notizia mi ha scioccata. Ma troveremo insieme il modo per accettarla."

Guardò il marito negli occhi, che annuì silenziosamente.

"Oh mamma, non puoi capire quanto mi aiutino le tue parole!"

L'abbracciò con slancio cogliendo la donna di sorpresa. Raramente la ragazza si era lasciata andare a quel tipo di manifestazioni d'affetto nei suoi confronti.

Il mattino successivo, complice il fatto di essere uscita sentimentalmente allo scoperto, si alzò col bisogno impellente di Hannane. Da troppo tempo erano separate e la sua assenza le era diventata insopportabile.

Accese il notebook e digitò il suo nome su facebook. Avviò una ricerca disordinata senza cognizione di ciò che avrebbe dovuto cercare per ritrovarla. Spulciò tra una miriade di visi sorridenti che, a prima vista, potevano essere confusi col suo, ma dopo una breve visita alla pagina si rivelavano dei flop. Ebbe la tentazione di scagliare il computer contro il muro, ma si trattenne. Si sentì invadere da un terribile senso di sconforto che le lacerò il cuore.

Nei giorni che seguirono il suo stato d'animo oscillava tra "Prendo un aereo e me la porto qui" e "Se volesse risentirmi avrebbe tutti i mezzi per farlo." Non riusciva a combinare nulla, si aggirava per casa in attesa che arrivassero le ore più fresche per poter scendere in riva al mare ad assaporare la quiete delle ore antecedenti la notte.

"Sara!"

La ragazza alzò lo sguardo sulla madre che le si era palesata all'improvviso alle spalle.

"Non ti avevo sentita arrivare."

"Scusami. Ti stavo cercando in veranda e poi ti ho vista. Ho provato a chiamarti ma non hai sentito!"

Sara staccò gli auricolari che poggiò sulla sabbia.

"Stavo ascoltando un po' di musica!"

La donna le si sedette accanto togliendosi le scarpe.

"Sono a pezzi! Abbiamo avuto un'emergenza in ospedale."

La ragazza ascoltava con aria assente intenta a seguire il corso dei suoi pensieri.

"Hai voglia di dirmi cosa sta succedendo?"

"Nulla di cui ti debba preoccupare!"

La donna immerse le dita dei piedi nell'acqua che, a quell'ora, risultava essere piuttosto fredda.

"Da quando sei ritornata, è come se una parte di te fosse sparita per sempre."

Sara provò a parlare.

"No, aspetta. Non sto dicendo che questa nuova versione di te mi dispiaccia. Anzi! Finalmente stiamo costruendo un vero rapporto madre figlia ed è quello che ho sempre desiderato. Però, quando ti osservo vedo una ragazza spenta. Come se il tempo trascorso in Marocco abbia viaggiato ad una velocità superiore di quello che viviamo qui ogni momento. Non so se riesco a spiegarmi. Ho l'impressione che l'esperienza laggiù ti sia valsa quanto tutti gli anni vissuti con noi!"

La ragazza sorrise alzando le spalle.

"In un certo senso è quello che provo!"

"Hanna, ti fa stare così male ?"

"Si chiama Hannane mamma, e sì ho un immenso vuoto che mi smarrisce."

La madre le poggiò una mano sulla sua. Voleva farle capire che stava dalla sua parte, che, qualunque decisione volesse prendere, non avrebbe mai più corso il rischio di perderla.

"Mi fa strano dirlo… però, chiamala! Se ti fa stare tanto male la sua assenza, non indugiare oltre, cercala."

Sara si voltò sorpresa dalla spontaneità delle parole che le stava dicendo. Mai avrebbe sperato tanto! Sua madre, che le aveva inculcato il valore della fede cristiana, il valore di formare una famiglia, sull'essere coppia uomo donna. Non riusciva a credere alle proprie orecchie.

"Lo so cosa stai pensando! Che posso dirti: fino a qualche mese addietro se qualcuno mi avesse detto che mia figlia si sarebbe innamorata di una donna minimo gli avrei cavato un occhio. Ma dopo tutto quello che abbiamo passato… Sono arrivata al punto di pensare che l'amore è, e deve essere, universale. L'amore è infinito. L'amore non ha sesso, non ha età, non ha barriere e soprattutto non deve avere confini. Perciò, cara ragazza, adesso ti alzi e corri a chiamarla, affinché il tuo possa diventare il rimorso per ciò che hai vissuto e non il rimpianto di una decisione non presa."

Sara l'abbracciò, lasciandosi sopraffare dall'enorme emozione che le parole della madre le avevano provocato.

"Grazie!"

"Grazie a te, piccola mia… per essere stata sempre troppo paziente con me… ho vissuto una vita nella paura di sbagliare ed ho finito per commettere errori che solo chi ama davvero può perdonare. E tu mi hai perdonata, vero?"

"Mamma!"

Si ritrovarono a piangere. Strette in un abbraccio liberatorio che toglieva ogni dubbio sul sentimento che li legava. Un sentimento che per tutta la vita avevano accuratamente tenuto nascosto per paura di sciuparlo, ma che adesso le aveva avvolte come un mantello protettivo.

"Basta piagnucolare. Asciuga quelle lacrime e mettiamoci all'opera."

La donna si alzò per prima porgendole una mano per invitarla a fare lo stesso.

"Non è così semplice… Non so come contattarla!"

Il sorriso che aveva illuminato il volto della madre si spense. Rimase qualche attimo senza parlare e poi, come se avesse acciuffato un'idea, le fece l'occhiolino.

"Vedremo!"

20

Il mese di agosto si annunciò con una ventata di sabbia proveniente dal deserto africano. Vento e acqua mescolatisi in un'unica bufera impantanarono le vie del piccolo borgo, già pesantemente provato dalle continue eruzioni che l'Etna aveva regalato, rendendo quell'estate piuttosto bizzarra. Accantonata la festa del quindici, i lidi si preparavano all'autunno ormai alle porte. Le prime file, troppo vicine all'acqua, venivano smontate per essere riposte lontane dalle mareggiate, che ogni giorno diventavano sempre più frequenti. Sara osservava con nostalgia il crescente lavorio di uomini e mezzi impegnati a smontare accuratamente ogni cosa. Di tanto in tanto qualche ragazzo, sentendosi osservato, la salutava con vistosi sorrisi, che lei ricambiava sempre con una punta d'imbarazzo per essere stata sorpresa nell'atto sconveniente di spiare. In realtà non li vedeva nemmeno quei ragazzotti che a petto nudo facevano a gara a chi gonfiava di più i muscoli. Il suo sguardo li attraversava senza notarli per posarsi su quella linea dell'orizzonte oltre la quale aveva lasciato una parte di se. La nostalgia che le attanagliava il cuore diventava insopportabile quando, per via di un suono, un profumo o un ricordo Hannane diventava un'assenza ingombrante. Si era maledetta ed aveva maledetto lei tantissime volte per quello che provava. Una sorta di smarrimento, un perdersi ogni giorno senza intravedere la via per la salvezza. Questo le aveva fatto quella ragazza che prima l'aveva fatta ritrovare per poi lasciarla da sola in balia dei tormenti che piano piano la stavano corrodendo.

Un pomeriggio particolarmente afoso Sara, sdraiata sotto il climatizzatore della sua stanza, sfogliava distrattamente una rivista, non tanto perché ciò che stava leggendo le interessasse minimamente, ma per evitare ai suoi pensieri di concentrarsi su di un volto che la perseguitava. Sentì richiudere delicatamente il portone d'ingresso e dei passi nel corridoio che si avvicinavano. Guardò il telefonino. Non erano soliti rientrare a quell'ora. Si alzò un po' allarmata per dirigersi in cucina dove trovò sua madre sommersa dalle buste della spesa.

"Mamma!"

"Sara, ma eri a letto?"

La donna canticchiava allegramente.

"Pensavo tornassi più tardi."

"Non sei contenta di vedermi?"

"Che domande fai!" Si avvicinò al tavolo ingombrato da ogni ben di dio. "Ci stiamo preparando a lunghi periodi di carestia?"

"Tesoro mio, ho preso qualche ora di permesso per fare la spesa. Da quando sei rientrata non facciamo che mangiare pizza e sushi. Basta! Voglio preparare una sana cena per la mia famiglia. Posso?"

Guardò Sara aspettando una sua replica che non arrivò. La ragazza si limitò ad alzare le spalle sorridendole.

"Se hai tutta questa voglia di metterti ai fornelli con questo caldo infernale, perché no! Comunque, volevo farti notare che le quantità sono un po' esagerate."

"Dici?"

"Siamo solo in tre ed hai comprato viveri per un esercito."

La madre le si avvicinò mimando dei passetti di danza.

"Ma che ti è successo in ospedale?"

"*A' moi?*"

La ragazza sorrise a sua volta non capendo da dove le venisse tutta quell'euforia.

"Facciamo le serie!" Tirò un lungo respiro. "Hai ragione, la cena non è solo per noi. Voglio dare una festa di fine estate. Non l'abbiamo mai fatto, lo so. Ma quest'anno non è uguale agli altri. Noi, non siamo come gli anni passati."

"Ti prego, mamma!"

"No! Ti prego io. Non cominciare con le tue smanie da eremita. Abbiamo tanto da festeggiare. Non mi rovinare tutto."

Sara si sedette sconsolata su di una sedia.

"E chi avresti intenzione d'invitare?"

La madre si portò una mano al mento, segno che stava pensando. Era proprio allegra e neanche il malumore di Sara l'aveva scalfita.

"Fammi pensare. Effettivamente dovresti essere tu ad indicarmi chi hai piacere di rivedere. Che so… Bea?"

"Bea? Ma sono secoli che non ci sentiamo. Con quale scusa la dovrei chiamare?"

Bea era la sua amica d'infanzia. Da piccola abitava vicino a casa di nonna Angelina ed era stato naturale frequentarsi essendo della stessa età. Ma le cose erano cambiate crescendo. Dopo la morte dell'anziana donna Sara non aveva più frequentato il quartiere e, finite le medie, una si era iscritta al liceo mentre l'altra aveva preferito una scuola professionale.

"Infatti! L'invito sarebbe un motivo valido per riallacciare la vostra amicizia."

"Diciamo che non sono molto predisposta in questo periodo per le *public relation*."

"Lo so tesoro mio, ma devi scuoterti da questo torpore. La vita continua nonostante tutto e tutti."

"C'è qualcosa che posso dirti per farti desistere da quest'idea un po' folle?"

"No gioia! È deciso, sabato sera si balla."

"Cioè, dopodomani?"

La madre le fece l'occhiolino, mentre continuava a mettere a posto l'enorme quantità di cibo che aveva acquistato. La ragazza capì che non era il caso d'insistere, del resto aveva ragione, vedere un po' di gente magari l'avrebbe potuta distogliere dal malessere che aveva dentro.

I preparativi per la cena si dimostrarono più ardui di quello che la madre le aveva prospettato. Ma era risaputo il litigio che da tempo aveva fatto con i fornelli e la sua previsione, "Ma che vuoi che sia, in un paio d'ore prepariamo tutto", si era rivelata lontanissima dalla realtà. Dovettero chiedere soccorso al padre che, per l'occasione, aveva rimandato una cena di lavoro con importanti costruttori arrivati dal nord. Al suo rientro a casa trovò le due donne stravolte, in una cucina resa irriconoscibile dalle stoviglie e dai piatti sporchi che si erano accumulati. "Ma che state combinando?"

L'uomo si affacciò in cucina perplesso per la vista di tutto quel disordine.

"Papà ti prego soccorrimi, è da mezzogiorno che mi ripete: «Abbiamo quasi finito!»."

Salvo sorrise divertito dall'espressione supplichevole. Si tolse la giacca e la cravatta e arrotolò la camicia fino sopra i gomiti.

"Toglietevi da qui donne, avete devastato la mia cucina!"

L'uomo le lanciò uno sguardo complice mentre cercava di assumere un tono autoritario. Sara rimase qualche attimo ad osservare la scena di una bellissima quotidianità che da tempo aveva dimenticato. Li osservò punzecchiarsi amorevolmente ed assaporò l'attimo di intimità che c'era tra loro. Sorrise e dopo aver fatto l'occhiolino al padre lasciò la stanza.

Alle venti cominciarono ad arrivare i primi invitati, per lo più amici e colleghi dei genitori che conosceva da sempre. Luigi e Marisa, la cui presenza era scontata, arrivarono sul tardi, così come fanno gli ospiti d'eccellenza che si fanno sempre attendere. La cena servita per lo più a buffet si svolse in una piacevole atmosfera. Il padre, coadiuvato da alcuni uomini più temerari, si dedicò al barbecue, mentre le donne s'intrattenevano con chiacchiere più o meno futili. Sara si spostava continuamente dall'uno all'altro gruppo con un sorriso di circostanza stampato sul volto dall'inizio della serata. Non era a suo agio con quelle persone e sperava che la serata si concludesse in fretta, ma faceva di tutto per non smascherarsi. Finse un eccessivo interessamento anche al discorso fatto dal padre su alcune travi, che dovevano modificare, di un certo progetto per una specie di costruzione che doveva servire per chissà che cosa. Queste furono le poche informazioni che riuscì a memorizzare di un discorso animato durato più di venti minuti. Era dall'inizio della serata che avvertiva una strana inquietudine, acutizzata dal fatto che sentiva continuamente addosso lo sguardo attento della madre, che da lontano seguiva ogni suo movimento. Il caldo, il vociare festoso dei commensali e l'odore intenso della brace, sui cui era colato l'eccessivo grasso delle enormi bistecche che vi erano state grigliate, la infastidirono. Così, stanca di tutti quei convenevoli e col viso semiparalizzato per la prolungata espressione falsamente felice, approfittando di una temporanea distrazione della sua adorata madre, si allontanò, avviandosi lentamente per raggiungere la battigia. Sentiva il bisogno di starsene sola con se stessa. Si portò dietro un bicchiere di vino rosso ed i pensieri gravosi che l'avevano accompagnata per tutto il giorno. La luna era alta nel cielo e lucente come non lo era stata da settimane, tanto da rischiarare la notte come fosse un pomeriggio inoltrato. Le risate e l'allegria della festa le arrivavano lontanissime. Sentì un doloroso magone farsi strada tra i pensieri mentre le lacrime si affacciavano prepotenti. Le asciugò in fretta con rabbia mentre finiva il resto del vino.

"Ma vaffanculo!"

"A quanto pare non puoi fare a meno di dire parolacce!" Sara sentì il cuore perdere un paio di battiti quando voltandosi si ritrovò Hannane a pochi centimetri. Indossava un paio di jeans scoloriti e una magliettina color turchese che le faceva risaltare l'ambrato della pelle. Si guardarono negli occhi e Sara ebbe la sensazione di trovarsi in uno dei mille sogni che aveva fatto da quando si erano lasciate. Era veramente lì che la fissava con un'intensità da toglierle il fiato.

"Sara, ti prego mi fai paura, dimmi qualcosa!"

Hannane le sfiorò il viso con una carezza che l'altra bloccò sulla sua guancia.

Le lacrime che le scesero veloci e incontrollabili parlavano da sole. L'angoscia, la delusione, la rabbia, la tristezza che l'avevano tormentata, si erano dissolte in un attimo. Sentiva le gambe molli ed ebbe la sensazione che non riuscissero a sostenere il peso del suo corpo.

"Non fare brutti scherzi!" L'attirò a se dolcemente, imprigionandola in un caldo abbraccio. Sara la strinse con disperazione. Non le importava più di niente. Tutto ciò di cui aveva bisogno, stava lì, tra le sue braccia. Appoggiò le labbra alle sue per baciarla, dimenticandosi ogni sorta di precauzione. Non le importava di chi avrebbe potuto vederle. Quel bacio, dapprima disperato, come chi è rimasto sotto il sole troppo a lungo cerca dell'acqua fredda per placare l'arsura e teme di non averne a sufficienza. Poi, passata l'urgenza, con calma, assaporando la meravigliosa sensazione di non aver più fretta, che la paura è svanita, che il bisogno è stato soddisfatto. Rimasero così strette l'una all'altra senza parlare per paura di spezzare quell'attimo che avrebbero voluto fosse eterno. Quel momento dove ogni cosa era al posto giusto, dove tutto era in loro.

"Temevo di non rivederti mai più... ho creduto d'impazzire. Non sapevo come mettermi in contatto con te! Ma quando sei arrivata? Chi ti ha detto che mi trovavo qui?"

"Shsss!" Hannane le mise l'indice sulle labbra. "Sempre la stessa ansia di sapere tutto e subito!" La ragazza rise mentre la stringeva più forte. "Diciamo che un'amica ha fatto l'impossibile per ritrovarmi e convincermi che sarebbe stato un errore che avrei pagato per tutta la vita se non avessi preso il primo aereo disponibile per venire da te."

Sara la fissò con perplessità. "Chi?"

"Tua madre. È una donna sorprendente. Sapessi con quanta passione mi ha quasi obbligata a salire su quel volo."

"Obbligata?"

Hannane le sorrise maliziosa. "No obbligata, diciamo caldamente consigliata! Con un tono asciutto mi ha detto che se veramente ero la persona che sua figlia le aveva descritto, se veramente l'amavo come le avevo fatto intendere, immediatamente, senza indugiare un minuto di più, dovevo alzare le chiappe e precipitarmi qui… e poi, scandendo chiaramente ogni sillaba, ha aggiunto «Ti giuro che se hai ridotto mia figlia ad essere l'ombra di se stessa solo per un gioco perverso, vengo fin laggiù a torcerti il collo con quel bel velo che ami tanto indossare». Praticamente mi ha terrorizzata!"

Sara la guardava incredula.

"Ti vuole un mondo di bene! Magari non ha usato proprio queste parole, ma credimi, avrebbe fatto di tutto per convincermi. Ma non ne ha avuto bisogno. Speravo mi cercassi, non sai quanto sono stata male!" La strinse ancora più forte.

"Non capisco, come ha fatto a rintracciare il numero di telefono."

"La forza dell'amore fa muovere le montagne. Credo che abbia fatto una ricerca attraverso i numeri in ingresso al telefono di casa sua. Ricordi? li hai chiamati."

"Me ne ero dimenticata. Che stupida! Bastava così poco."

"Forse non è stato tutto tempo perso… Forse è stato meglio così."

"Non ti capisco!"

"Se mi avessi richiamata non appena rientrata in Sicilia, non avresti avuto modo di valutare attentamente quali sono i sentimenti che ti legano a me."

"Credevi potessi soffrire della *Sindrome di Stoccolma*, la vittima che crede di amare il proprio carnefice?"
"Qualcosa del genere."
"Ma nel nostro caso sono stata io la tua carnefice."
Rise sfiorandole delicatamente i capelli.
"Sul serio?"
Sara annuì, con espressione grave.
"Te ne ho fatte passare di tutti i colori." Le spostò la ciocca di capelli che le copriva la piccola cicatrice che le era rimasta sul sopracciglio destro. "Questa temo non guarirà."
La ragazza si rattristò ripensando a quanta rabbia aveva messo nel cercare di farle più male possibile.
"Non è questa che voglio che guarisca." Le sollevò la mano per appoggiarsela sul cuore "Ma questa."
Gli occhi le si riempirono di lacrime.
"Temevo che tornando a casa mi avresti dimenticata, che rivedendo quell'uomo saresti ritornata la ragazza che eri un tempo."
Sara le baciò delicatamente gli occhi umidi di pianto.
"Come avrei mai potuto dimenticarti! Ero morta e tu mi hai ridato la vita... Lo capisci questo?"

In lontananza le luci dei fuochi d'artificio illuminarono il cielo. Segno che da qualche parte la festa volgeva al termine. Una delle tante feste paesane, dove gli abitanti s'incontrano per le vie occupate dalle bancarelle dei venditori *da calia* per assaporare gli ultimi scorci di un'estate che sta per finire. Quella sensazione un po' malinconica di quando ci si prepara ad accogliere le giornate più corte riscaldate da un sole sempre meno scottante, ma che porta con sé il conforto di starsene al sicuro mentre fuori imperversano venti e piogge.
Di mari in tempesta, le ragazze, ne avrebbero dovuto attraversare tanti, con onde talmente alte da farle credere perdute, ma la certezza che l'amore è l'unica ancora per salvarsi, le avrebbe ricondotte in un porto sicuro.